KB114743

현대무림
지존

현대 무림 지존 2

현윤 장편소설

초판 1쇄 찍은 날 § 2016년 10월 24일
초판 1쇄 펴낸 날 § 2016년 10월 31일

지은이 § 현윤
펴낸이 § 서경석

편집책임 § 최지원

펴낸곳 § 도서출판 청어람
등록번호 § 제387-1999-000006호
등록일자 § 1999. 5. 31
어람번호 § 제1-2550호

주소 § 경기도 부천시 원미구 부일로 483번길 40 서경B/D 3F (우) 14640
전화 § 032-656-4452 팩스 § 032-656-4453
http://www.chungeoram.com
E-mail §chungeorambook@daum.net

ⓒ 현윤, 2016

ISBN 979-11-04-91015-9 04810
ISBN 979-11-04-91013-5 (세트)

현윤 장편소설

FUSION FANTASTIC STORY

현대무림지존

2

도서출판 청어람

차례

C O N T E N T S

현대무림
지존

제1장
장례식

도쿄의 늦은 밤, 비가 내리고 있다.

부스스스.

가슴이 뻥 뚫리듯 쏟아져 내리는 비가 아니라 사람의 마음을 애잔하게 적시는 이슬비가 무려 삼 일 동안 연이어 내렸다.

이슬비의 향연을 뚫고 한 사내가 도쿄의 미야자와 대학병원에 도착했다.

병원 영안실 앞에 구름처럼 몰려 있던 검은 옷의 사내들은 그가 도착하자마자 일제히 고개를 숙였다.

척!

"오셨습니까?"

"형님께선……."

"행방불명이십니다."

"……."

오늘 새벽, 일본 나리타공항을 떠나 중국으로 가던 명화방의 비행기가 폭발하여 79명이 사망하고 21명이 실종되었다.

실종자 명단에는 부회장인 장수원을 비롯한 현직 이사 6명과 사외이사 5명이 포함되어 있었다.

부회장과 이사진 11명이 실종된 가운데 나머지 19명의 이사진과 사외이사들은 사망자 명단에 이름을 올렸다.

이로써 명화방의 원로를 제외한 대부분의 후기지수들이 사망하였다고 볼 수 있었다.

그룹의 입장에서 본다면 사외이사이자 비공식 자금줄의 핵심인 장주원이 비행기에 탑승하지 않은 것은 천운이라 볼 수 있을 것이다.

장주원이 빈소에 도착하니 유가족과 명화방의 제자들이 그를 맞이하려 나왔다.

"…이사님 오셨군요."

"도대체 뭐가 어떻게 된 겁니까? 갑자기 무슨 비행기 폭발이 일어나요?"

"그러게 말입니다."

장수원의 처 코쿄 츠카다는 차마 숙인 고개를 들지 못했다.

"…제 팔자가 워낙 사나워서 서방을 잡아먹을 팔자라고들 하더니 정말인 모양이군요."

"……?"

"이럴 줄 알았으면 애초에 부회장직에 오르지 못하도록 말렸어야 하는 건데……."

장주원은 형수의 통한 섞인 자책을 부정하였다.

"그 무슨 말도 안 되는 소리입니까? 팔자가 사납다고 남편이 죽으면 이 세상에 멀쩡할 사람이 몇이나 되겠어요?"

"죄송해요. 저는 그냥 답답해서 해본 소리인데……."

"앞으론 그런 이상한 소리 하지 마십시오. 형수께서 약해지면 어쩝니까?"

"네, 도련님."

그는 차분하게 일을 정리하기 시작했다.

"빈소는 정식으로 정해진 겁니까?"

"아니요, 아직."

"그럼 이곳에 합동 분향소를 차리고 추가적으로 발견되는 사망자들에 대해선 따로 빈소를 마련하도록 하시죠."

"네, 알겠어요."

장주원은 비서실장 오시무 카쿠노를 찾았다.

"카쿠노 실장님."

"예, 이사님."

"회장님께선 어디에 계십니까?"

"미국에 출장 중이십니다. 아마 내일쯤 귀국하실 것으로 보입니다."

"그렇군요."

오사무 카쿠노는 장주원에게 모든 일의 절차에 대해 물었다.

"부고하신 분들의 후계는 어떻게 할까요?"

"일단 발인이 끝나면 유언장을 공개하여 후계를 세우고 그 전까진 제자들이나 자제들이 후계 싸움을 일으키지 않도록 단단히 단속하십시오."

"예, 이사님. 아 참, 그리고 부회장 승계는 어떻게 할까요? 그것도 미룹니까?"

지금 비서실장이 묻는 것들은 부회장이 회장의 인가를 얻어 대리로 처리할 사안들이지만 부회장이 부재인 상태이니 어쩔 수 없이 장주원이 처리할 수밖에 없었다.

꽤나 까다로운 일이지만 그는 아주 의연하게 일을 처리해 냈다.

"형님의 승계 역시 그때 가서 다시 처리하도록 합시다. 조카들은 지금 어디에 있습니까?"

"경시청에 마련된 실종자 대책 본부에 가 있습니다."

"으음, 그렇군요."

장수원의 부재는 장씨 일가에겐 아주 큰일이지만 아직 가문이 무너진 것은 아니었다.

그 아들들이 장성하여 무공의 성취가 높았고 경영에 필요한 학력과 경력을 차근차근 쌓아두었다.

앞으로 장씨 일가의 미래는 그들이 짊어지게 될 테니 이에 대해선 걱정할 것이 전혀 없다고 생각하는 장주원이다.

'이제부터가 시작이군.'

부회장인 장수원의 부재는 그룹으로선 아주 큰 손해이자 재앙이기 때문에 과연 명화그룹이 제대로 중심을 잡을 수 있을지는 의문이다.

앞으로 장주원의 역할이 중요하다고 할 수 있었다.

그는 분향소를 꾸리고 차근차근 조문객을 받을 준비를 서둘렀다. 그리고 그와 동시에 각지의 정보 장사꾼들에게 이번 사건의 배후를 묻는 전서를 보내두었다.

아마 앞으로 사나흘이면 그들의 정보가 하나쯤은 걸려들 것이다.

*　　　*　　　*

사고 명일, 명화방주 천태홍과 7 대 장로 여섯 명이 도착하였다.

회장 천태홍과 장로들이 명화방으로 귀환하니 그룹의 윤곽이 완벽하게 잡혀가는 것 같았다.

장주원은 천태홍에게 절을 올렸다.

"사부님을 뵙습니다."

"오랜만이구나. 그동안 잘 지냈느냐?"

"예, 사부님."

천태홍의 삼사제인 케니치 하기와라가 그를 나무라듯 말했다.

"놈, 밖으로 나도느라 방의 일은 신경도 안 쓰더니 기어이 일이 터지고서야 나타나느냐?"

"…죄송합니다."

"네 사부님의 팔순 잔치에도 안 나타나서 욕이란 욕은 다 얻어먹고, 일이 벌어지고 나니 속이 시원하냐?"

"사숙께는 면목이 없습니다."

"쯧, 어쩌다 저런 물건이 우리 방에 들어왔을꼬?"

천태홍이 케니치 하기와라를 만류하였다.

"그만하게. 주원이도 할 일이 있어서 그런 것 아닌가?"

"…무려 25년 만에 얼굴을 들이밀다니, 사형께선 저놈이 꽤

씸하지도 않으십니까?"

"명화방의 모든 제자가 명화그룹에 묶여서 일을 해야 하는 것은 아니지 않나? 무엇보다 주원이 녀석이 꽤 큰 결실을 이루었고 말이야."

"흥, 돈이면 다 되는 세상도 아니지 않습니까?"

끝까지 역정을 내는 케니치 하기와라에게 천태홍의 둘째 사제인 다이스케 나루세가 말했다.

"사제, 그만하시게. 꼭 제자들의 장례식에서까지 그래야겠나?"

"험험, 알겠습니다."

케니치 하기와라는 가자미눈으로 장주원을 바라보았다.

"놈, 남은 얘기는 나중에 따로 하자꾸나. 오늘은 문하를 제대로 정리해야겠다."

"예, 사숙."

천태홍은 제자를 마치 어제 본 사람처럼 대했다.

"일을 다 처리해 두었더구나."

"누군가는 처리했어야 할 일입니다."

"아무튼 욕봤다."

"아닙니다, 사부님."

케니치 하기와라는 천태홍에게 이번 일의 원흉에 대해서 논하였다.

"대사형, 듣자 하니 화산파 그 말코들이 우리 문하를 아주 죽사발로 만들어서 반신불수가 되었다던데요. 들으셨습니까?"

"그렇다네."

"제 생각엔 아무래도 말코들과 이전 사건이 관련 있지 않을까 합니다."

케니치의 의견에 다이스케가 맞장구를 쳤다.

"맞습니다. 그렇게 대놓고 우리와 반목하던 화산그룹이라면 무슨 짓을 해도 이상하지 않지요."

"대사형, 이번 기회에 아주 싹 다 정리해 버리시지요."

"흐음……."

장주원은 그들의 넘겨짚음에 아주 조용히 지탄했다.

"사숙들의 말씀도 옳습니다만, 사성회의 김명화 검객이 일화신장에 죽은 것을 보면 비단 그들만의 문제는 아닌 것 같습니다."

"뭐라? 사성회 그 사짜들과 우리 문하의 죽음이 무슨 관계란 말이냐?"

"사성회는 이제 우리 명화방과 사돈지간입니다. 김명화 검객은 우리 그룹과 수많은 파트너십을 맺고 그룹 간의 자매결연을 추진하였지요. 그런 그가 죽었다는 것은 분명 관계가 있습니다. 저놈들은 지금 우리를 혼란에 빠뜨리기 위해 일부러 일을 이렇게 꾸민 겁니다."

케니치와 다이스케는 아주 단호하게 그의 의견을 묵살해 버렸다.

"저놈이 또 헛소리군."

"주원이 너는 가만히 잠자코 이 사숙들이나 따라오너라. 괜히 대사형의 심기를 흐트러뜨리는 일은 벌이지 말고."

"……."

장주원이 보기에 이대론 분명 무인 집단 간의 싸움이 벌어질 것이 자명했다.

괴팍한 삼대장로의 성격에 조문을 온 그룹의 대표들을 가만히 내버려 두지 않을 것이고, 그들 역시 일방적으로 얻어맞고 있지는 않을 것이다.

그는 이번이 진정한 위기라고 생각했다.

'큰일이군. 저 꼬장꼬장한 노인네들이 끝장을 보려 할 텐데 말이야.'

잠시 후, 그의 걱정이 현실로 바뀌기 시작했다.

"회장님, 화산그룹의 재무이사 레이 라이언과 마케팅이사 블레이크 요한슨이 조문을 왔습니다."

"중역들이 찾아오셨군. 조문을 받도록 하지."

상주석에 앉아 있던 천태홍이 자리에서 일어나 레이 라이언과 블레이크 요한슨의 조문을 받았다.

그들은 천태홍에게 아주 정중히 절을 올렸다.

"삼가 고인의 명복을 빕니다."

"고맙습니다."

천태홍이 마저 고개를 들기도 전에 케니치가 두 사람에게 다짜고짜 삿대질을 해댔다.

"어이, 말코들! 네놈들이 우리 문하를 아주 묵사발로 만들어 버렸더군!"

"예?"

"허허, 이것들 좀 봐라?! 일은 이미 다 저질러 놓고 시치미 군. 어이, 거기 샌님! 네놈들의 매화검법에 우리 문하가 당했단 말이다! 이걸 어떻게 설명할 것이냐?!"

앞뒤 안 가리고 득달같이 달려든 케니치이지만 그의 말에 틀린 구석은 없었다.

만에 하나 그들이 범인이 아니더라도 이번 사건에 대해선 반드시 해명을 해야 한다.

지금 무인계에 소문이 파다한 마당에 입장 표명 한 번이 없었다는 것은 분명 문제가 있는 처사였다.

그렇다고는 해도 케니치의 저 안하무인의 질타는 잘못된 일이었다.

"…저희들이 뭘 잘못했는지 모르겠습니다만, 대협의 심기를 불편하게 해드렸다면 죄송합니다."

"심기가 불편하고 나발이고 이제 서른 조금 넘은 애송이를 그 작살을 내놓다니, 입이 있으면 어디 해명이나 좀 해봐!"

"명화방의 문하가 다친 것은 유감입니다만, 저희들은 그런 명령을 내린 적도 없고 그런 짓을 벌인 사람도 없습니다."

"그렇다면 지금까지 왜 입을 다물고 있었던 것이냐?!"

"……"

케니치의 몰아붙이는 말투에 다이스케가 살을 보탰다.

"그건 우리 사제의 말이 맞소. 해명을 좀 해주셔야 하겠는데?"

"해명이랄 것도 없습니다. 저희 문하는 절대로 그런 짓을 하지 않습니다. 더군다나 모리시타 부장님의 성취는 대단한 것으로 알려져 있는데, 그 정도 후기지수를 꺾으려면 같은 항렬의 검객으론 턱도 없습니다. 최소한 이사쯤 되는 항렬이 달려들면 몰라도요."

"그렇다면 이사진이나 사장단의 알리바이는 확보되었소?"

"…무슨 말씀이십니까?"

"윗사람들은 깨끗하냐고 묻는 것 아니오?"

다이스케의 정곡을 찌르는 질문에 케니치가 옳다구나 하고 손뼉을 쳤다.

짝!

"그렇지! 우리 사형, 잘한다!"

"……."

장주원은 꿀 먹은 벙어리처럼 어처구니없다는 듯이 서 있는 화산그룹의 두 이사를 바라보며 속으로 생각했다.

'…앞으로 계속해서 조문을 올 텐데 그때마다 이러면 도대체 뭘 어쩌라는 소리인가? 아무리 명화방의 무공이 고강하다고 해도 그들을 다 쓰러뜨릴 수는 없을 텐데…….'

그는 그저 가만히 앉아 묵묵부답으로 일관하는 사부가 답답하게만 느껴졌다.

만약 그가 중심을 잡아주기만 해도 이런 일은 벌어지지 않을 텐데 도대체 그는 무슨 생각을 하고 있는 것인지 도저히 이해할 수 없었다.

장주원은 이번 삼일장이 일생에서 가장 긴 삼 일이 될 것 같다고 생각했다.

*　　　*　　　*

우중충한 여름의 끝자락, 중국 광저우의 외곽 마을 '다룽루이'의 오래된 연립주택에 한차례 비가 몰아치고 있다.

쏴아아아아!

총 25층으로 이뤄진 이 연립주택은 70년대 마을을 전면 재개발한 후 지금은 거의 유령 마을처럼 폐허만 즐비한 상태였다.

태하는 멀리서 바라보고 있었다.

"이곳이 그놈들이 말한 그곳인가요?"

"예, 그렇습니다. SNS에 나온 글귀에 따르자면 이곳이 맞습니다."

"흐음, 그렇군요."

인터넷을 통하여 선전포고를 해놓고 비행기를 폭파시킨 것은 그야말로 천인공노할 만한 일이었다.

하나 태하를 더 분노하게 만드는 것은 그들의 태도였다.

그들은 접선 장소를 인터넷에 고지해 놓고 150명의 검객까지 동원한 상태였다.

덤비려면 덤비라는 식이지만 명화방은 지금 이곳에 많은 병력을 보낼 여력이 없었다.

한마디로 이들은 장지원을 살려줄 의도가 전혀 없는 것이다.

'후회하게 될 것이다.'

태하는 저 멀리 보이는 150명의 사내를 바라보며 말했다.

"화경의 고수들이 꽤 되는군요. 게다가 이제 막 현경의 초입에 들어선 것 같은 사람도 있고요."

"현경……!"

"일단 가봅시다."

"……?!"

"왜요?"

"…지금 농담하시는 거지요?"

"제가요?"

일반인의 상식에서 본다면 화경의 고수들이 저렇게 많이 몰려 있는 데다 현경에 들어선 사람까지 섞여 있다면 피하는 것이 상책이다.

하지만 그래봤자 태하의 앞에선 그저 씨알 좀 굵은 피라미에 불과했다.

태하는 그녀의 어깨를 다독이며 말했다.

"걱정할 필요 없어요. 제가 알아서 합니다."

"자, 잠시만요!"

그는 말을 맺자마자 보법을 전개하여 그들에게 달려 나갔다.

타다닷!

그때에 맞춰 태하에게로 하나둘 무인들이 몰려들기 시작했다.

태하는 청림에게 위시현의 호위를 맡겼다.

"청림, 그녀를 돌봐줘."

"예, 걱정하지 마세요."

청림이 그녀를 데리고 피신하는 동안 악인들이 태하의 코앞까지 마중을 나와 주었다.

그들의 걸음은 여유가 넘쳤으며 자신들이 초원을 지배하는 사자라도 되는 양 의기양양했다.

얼굴에 거대한 자상이 있는 중년 사내에게 태하는 냅다 시비를 걸었다.

"날이 더워서 봤더니 때마침 복날이었군. 개떼들이 마중을 다 나와 주었네?"

"하하, 입버릇이 안 좋군. 그쪽이 명화방의 대표요?"

"그렇다."

"그렇다? 이런, 연배 차이도 꽤 나는 것 같은데 초면에 반말은 좀 그렇지 않나?"

"내 주둥이다. 뭐라고 지껄이든 내 마음이지. 내가 주둥이를 나불대는 데 뭐 보태준 것 있나?"

꿈틀!

중년의 얼굴에서 얼핏 분노 같은 것이 느껴진다.

대략 50대 중반쯤 되는 것 같은 그의 몸에선 일반인이 범접하기 힘든 기운이 뿜어져 나오고 있었다.

하지만 그래 봤자 금강석 인형과 일대일로 싸워도 일방적으로 두들겨 맞다가 볼일 다 볼 것이 뻔했다.

중년은 자신의 아들뻘 되는 놈이 걸걸하게 말을 받아치자 참으로 기가 막힌 모양이다.

"미친놈이군. 그래, 그런 치기야말로 젊음의 특권이지. 하지만 애송아, 세상은 그리 호락호락하지 않단다. 그렇게 천지 분간 못 하고 막 까불다간 이 아저씨에게 엉덩이 두들겨 맞고 엉엉 우는 수가 있어. 그땐 엄마를 찾아도 소용이 없어. 이 아저씨에게 진정 혼나 볼 테냐?"

"푸하하하!"

그들의 비웃음이 태하의 면전을 때렸다.

하지만 그렇게 호락호락 당하고만 있을 태하가 아니었다.

태하는 말싸움 대신 코를 후벼서 딱 소리를 내며 튕겼다.

따악!

그가 튕긴 코딱지가 중년의 얼굴에 제대로 명중하였다.

턱!

"……."

"쿵, 비가 와서 그런지 코딱지가 잘 앉는군. 아아, 미안. 튀었어?"

중년인은 태하가 튕긴 코딱지가 자신의 얼굴에 맞은 것이 화가 나면서도 꽤나 놀란 것 같았다.

설마하니 이렇게 까마득히 어린 애송이가 자신의 순발력을 뛰어넘을 줄은 미처 몰랐기 때문이다.

'이놈 좀 보게?'

태하는 실실거리며 중년에게 말했다.

"이봐, 자꾸 말끝마다 꼬맹이라 하는데, 그럼 그쪽은 내일모
레 송장 치는 노인네인가?"

"…뭐라?"

"이봐, 들, 저 아저씨 이제 곧 기저귀 찰 때 된 것 같은데 바
지는 가져왔지?"

"……."

"곧 똥오줌 못 가리게 될 테니 갈아입을 바지를 준비하는
것이 좋을 거야."

별것 아닌 도발이었다. 하지만 중년은 자신의 얼굴에 코딱
지를 맞아 기세가 꺾였다고 생각했다.

중년은 더 이상 못 참겠다는 듯 슬슬 내공을 폭발시키기 시
작했다.

고오오오오!

그의 몸에서 피어난 검은색 진기가 주변을 잠식해 나갔다.

"놈! 어리다고 귀엽게 봐주었더니 눈에 뵈는 것이 없는 모양
이구나!"

땅바닥의 돌덩이마저 흔들리는 그의 진기의 폭발은 분명
예사롭지 않았다.

그러나 그것은 어디까지나 그보다 못한 사람들에게나 해당
되는 얘기였다.

태하는 귀찮다는 듯이 그의 얼굴에 다시 한 번 코딱지를

튕겼다.

"큥큥, 이거나 먹어라!"

피융!

중년은 아주 언짢은 표정으로 코딱지를 잡았다.

턱!

"이놈이 자꾸……."

하지만 태하의 코딱지에는 현경을 뛰어넘는 진기가 어려 있었다.

끼이이이이잉!

"……!"

중년의 손이 사시나무 떨리듯 떨려왔다.

이마에는 핏줄이 툭 불거져 나왔으며 속에선 비릿한 피 냄새가 진동하고 있었다.

'이 애송이의 내공이 나를 뛰어넘는단 말인가?!'

비록 코딱지를 이용한 출수이지만 공력의 차이가 너무 심해서 내부의 장기들이 바짝 쪼그라들어 출혈까지 생긴 모양이다.

이 짧은 순간에 내상까지 입었으니 그는 태하와의 격차가 하늘과 땅 차이라는 것을 인정할 수밖에 없었다.

그러나 태하는 그의 속사정을 다 알면서도 다시 도발했다.

태하가 심드렁하게 말했다.

"쩝, 이제 곧 똥오줌 못 가릴 노인네이니 몇 수 접어주도록 하지. 덤벼."

중년은 입도 뻥긋하지 못하고 진기만 받아내고 있었다.

'이런 개자식아, 코딱지 안에 도대체 무슨 짓을 해놓은 것이냐?!'

태하는 중년의 똥 씹은 표정에서 모든 것을 간파해 내었다.

'빈 수레가 요란한 법이지. 넌 내 코딱지에도 못 미치는 놈이다.'

그는 코딱지에 다시 한 번 진기를 불어넣었다.

"수를 접어줘도 싫다니 어쩔 도리가 있나? 먼저 쥐어 패주는 수밖에!"

스스스스, 팟!

그의 코딱지가 폭발하면서 천벌화시의 불꽃을 사방으로 퍼뜨리기 시작했다.

쾅, 쾅쾅쾅쾅!

"허, 허억!"

"코딱지에서 유성우가?!"

마치 코딱지만 한 불꽃놀이가 고폭탄으로 변하기라도 한 듯 사방엔 난리가 나 있었다.

펑펑펑, 콰아앙!

"크허어억!"

"이런 빌어먹을, 도대체 뭐가 어떻게 된 거야?!"

"제기랄, 원래 코딱지가 이렇게 무서운 무기였던가?!"

중년은 이제 내공 대결로는 제 한 몸 지키기에도 빠듯한 처지가 되었다.

'명화방에 이렇게 고강한 무공을 가진 자가 있었던가? 아니, 아니지. 이런 무공은 태어나 처음 보는 것이다.'

태하의 눈에는 그의 깊은 고뇌가 적나라하게 보였다.

아마 사신무를 처음 접하는 그들로선 이게 무슨 날벼락인지 싶을 것이다.

그는 실소를 흘렸다.

"후후, 이놈들, 내 코딱지 맛이 어떠냐? 코딱지 맛이 꽤 맵지?"

"…저런 괴물 같은 놈을 보았나?!"

"자, 그럼 지금부터 셋을 세겠다. 그 안에 도망가면 더 이상 무섭게 굴지 않겠다. 다만, 장지원 여협은 내어놓고 가야 할 것이다."

"……"

"하나, 둘……."

"이런 씨발! 그래, 데리고 가라! 아마 지금 데리고 가면 송장 치울 일은 없을 테지."

순간, 피 범벅이 된 장지원이 태하의 앞으로 튕겨져 나왔다.

휘리리릭!

현경의 중년이 보따리에 둘둘 말아둔 장지원을 다급히 집어 던진 것이다.

태하는 그녀를 안전하게 받아내면서 인령진을 펼쳤다.

'가라!'

슝슝슝슝!

일반인의 눈에는 보이지 않지만 도력과 가까이 지낸 사람이라면 인령진이 150개의 갈래로 갈라져 각 악인들의 몸속 깊은 곳에 박힌 것이 보일 것이다.

태하는 150명의 인원에게 모조리 인령진을 박아 넣고는 이내 장지원에게 눈길을 돌렸다.

"이모! 이모!"

"…태, 태하?!"

"정신이 좀 들어요?!"

"쿨럭쿨럭!"

그녀는 태하에게 손을 내밀었다.

"태, 태하야, 이 못난 이모가 네게 못 한 말이 있어."

"이모, 그만! 그만 말하세요!"

"…아니야. 이 말은 꼭 해야 해. 그렇지 않으면……."

태하는 그녀가 더 이상 말을 하지 못하도록 혈도를 짚어 안전하게 기절시켰다.

툭툭!

"……."

그는 자신의 진기 일부분을 그녀의 심장으로 흘려보냈다.

그러자 그녀의 거칠던 호흡이 서서히 진정되기 시작하였다.

새근새근.

안정적인 호흡으로 돌아온 그녀를 들쳐 멘 태하는 인근 병원으로 향했다.

*　　　　*　　　　*

태하가 150명의 고수들과 싸우는 동안, 아주 먼 곳에서 그를 지켜보는 사람이 있었다.

그는 익숙한 태하의 얼굴과 대단히 고강한 그의 무공을 바라보며 자신의 눈을 몇 번이고 의심했다.

명화방의 7대 장로 천하랑은 장지원이 곤경에 처했다는 소식을 듣고 한달음에 이곳까지 달려왔다.

하지만 그는 태하의 믿을 수 없는 무위에 넋을 놓고 말았다.

"김명화 검객의 슬하에서 저런 엄청난 괴물이 나왔단 말인가? 더군다나 저 아이는 분명 실종되었다고 한 것 같은데."

천하랑은 자신이 눈독 들이던 장씨 일가의 후손이 저리도 고강한 사내가 되어 돌아왔다는 것에 감탄하고 있었다. 하지만 반대로 도대체 저런 무공을 어디서 얻은 것인지 확신이 서지 않았다.

'어디서 마공을 익힌 건가?'

생전 처음 보는 무공의 경지가 거의 무신에 가까우니 마공이라고 생각하는 것도 무리는 아니었다.

그러나 일이야 어찌 되었든 간에 친 혈육을 구하고 돌아가는 그의 모습에서 자상함과 가족에 대한 사랑을 느꼈다.

"그래, 그럼 되었지."

천하랑은 태하 정도의 무공을 가진 사내라면 반드시 그녀를 살릴 수 있을 것이라고 생각하였다.

그는 이제 장씨 일가의 일은 장씨 일가가 알아서 하도록 내버려 두고 계속해서 당문이라는 흑막을 쫓을 생각이다.

하나 그는 이곳에서 전혀 예상치 못한 사람들을 만나게 되었다.

"명화방의 천하랑 장로님 아니십니까?"

"…화랑회주?"

그는 설마하니 자신의 앞에 화랑회주 현영태가 나타날 줄은 상상조차 하지 못했다.

도대체 화랑회주가 어떻게 알고 이곳까지 온 것인지 천하랑은 자신의 정보력을 앞선 그에게 거부감이 느껴졌다.

하지만 화랑회는 사성회와 함께 한반도를 대표하는 무인 세력이니 명화방과는 인연이 아주 없다고 할 수는 없었다.

천하랑과 현영태는 한동안 그 자리에서 서로를 바라보며 서 있었다.

"……."

"……."

약 5분간 말이 없던 두 사람 중에서 현영태가 먼저 입을 열었다.

"문하, 아니지. 명화방 식구의 아들이 저렇게 고강한 무공을 가졌으니 아주 뿌듯하시겠습니다."

"뭐, 고강한 것이 고약한 것보다야 나으니 됐지요."

"하하, 그건 그렇지요."

천하랑은 복잡하게 섞여 있던 자신의 심경을 한마디로 정리하였다.

"이곳엔 어쩐 일이십니까?"

"그러는 천 장로님께선……."

"내 식구의 일에 나서지 않는 사람도 있습니까?"

"으음, 그건 그렇군요."

명화방과는 아예 인연도 없는 현영태가 이곳까지 온 이유를 알 수 없는 천하랑으로선 썩 찜찜한 만남이라 할 수 있었다.

하지만 그는 천하랑의 질문에는 답을 하지 않았다.

"좋은 싸움 구경이 있다기에 한번 와봤지요. 으음, 역시 소문난 잔치엔 그만한 이유가 있는 법이군요."

"……."

"안 그렇습니까? 소문난 잔치엔 원래 먹을거리가 없는 법이니까요."

천하랑은 먼저 돌아섰다.

"그럼 저는 이만 갑니다."

"식구들이 저 앞에 있는데 나서지 않으시고요?"

"명화방의 식구이긴 하지만 내 가족, 혈연은 아니잖습니까. 혈연을 찾았으니 된 것이지요."

"그렇군요. 살펴 가십시오."

돌아선 천하랑을 잠시 바라보던 현영태 역시 자취를 감추었다.

제2장
실마리를 잡다

중국 상하이의 태선중앙대학병원에 장지원이 입원했다.

삐빅, 삐빅—

그녀는 심장의 절반이 파열되고 비장, 췌장, 폐, 위, 십이지장이 절반쯤 찢어진 상태로 병원을 찾아왔다.

만약 태하가 그 자리에서 심장이라도 살려놓지 않았다면 지금쯤 그녀는 목숨을 잃었을 것이다.

태하의 지인인 외과전문의 설화령은 그녀의 상태를 한마디로 진단하였다.

"죽었다고 해도 이상하지 않은 상태였어요. 이 정도면 기적이라 할 만해요."

"놈들, 일부러 이모를 죽이려 했던 것일까요?"

"그런 것 같아요. 사람을 살려서 데리고 가려 했다면 이렇게 처참한 몰골로 만들지는 않았겠죠."

"개자식들!"

"아무튼 심장이 제 기능을 하고 있어서 나머지 장기들의 수술은 비교적 잘 끝났어요. 아마 이 정도면 김 선생님도 그럭저럭 만족할 것 같네요."

"고맙습니다. 제 이모님을 살려주셔서요."

"제 직업이 사람 살리는 일인데 인사를 받을 것 있나요?"

태하는 지금까지 자신이 수많은 사람을 살렸지만 그들의 진심 어린 인사를 가슴 깊이 받아본 적이 별로 없었다.

'그래, 이런 느낌이었던 것이구나.'

역지사지, 그는 스스로 보호자가 되어보고 나서야 의사를 향한 감사가 진심이라는 것을 느낄 수 있었다.

잠시 후, 의식이 없던 장지원이 정신을 차렸다.

"후욱, 후욱."

"이모!"

"…태하?"

"정신이 좀 들어요?"

"내가 어떻게 여기에……."

"그건 제가 묻고 싶어요. 하지만 지금은 안정을 취해야 하니 가만히 누워 계세요."

"끄응, 그럴 수는 없어. 츠바사가……."

"츠바사는 지금 일본에 있어요. 이모는 중국에 있고요. 그러니 나중에 상태가 호전되면 같이 가봐요."

"……"

태하는 그녀의 몸에 이불을 덮어주다가 문득 떠오른 말이 있었다.

"그런데 이모."

"……?"

"나에게 꼭 해야 한다던 말이 뭐예요? 뭔데 그렇게 간절하게 사람을 붙들고 우셨대?"

"…별것 아니야. 신경 쓸 것 없어."

"그래요?"

말을 아끼며 잠시 눈을 감은 그녀가 화들짝 놀라며 깨어났다.

"잠깐! 너, 실종된 것 아니었어?!"

"맞아요. 하지만 살아왔죠."

"오, 이럴 수가! 하늘이 도왔어! 츠바사도 없는데 너마저 잃었으면 어쩌나 하고……."

"집안의 환란 중에 이렇게 살아왔으니 불행 중 다행이라고 해야 할지 어쩔지 모르겠네요."

"물론 다행이지. 무슨 말을 그렇게 하니?"

그는 조금 흥분한 장지원을 다시 안정시켰다.

"아무튼 지금은 좀 쉬어요. 의사 말이 한 달 동안은 안정을 취하는 것이 좋대요."

"후후, 의사의 말이? 어떤 의사가 그래?"

"있어요, 중국에서 제일가는 명의."

"그래, 네가 그렇게 말하니 안심이다. 난 그럼 좀 쉴게."

태하는 그 자리에 가만히 앉아 한동안 이모의 곁을 지켰다.

*　　　　*　　　　*

늦은 밤, 상하이 동방명주 인근 번화가 술집으로 천하랑이 들어섰다.

딸랑!

화려한 동방명주의 분위기와는 조금 괴리감이 있다고 느껴질 정도로 낡은 간판이 매달린 술집에는 장님 바텐더가 서 있었다.

"어서 오시게."

"술 한잔할 수 있나?"

"물론."

장님은 발소리만으로 천하랑을 알아보고 그가 자주 마시던 칵테일을 만들기 시작했다.

촤락, 촤락!

차가운 얼음이 담긴 보드카 마티니가 섞이는 가운데 천하랑이 넌지시 물었다.

"명화방의 문하 중에 장지원이라는 아이가 있네."

"잘 알지. 꽤 걸출한 여류 검객이라는 것 같던데?"

"맞아. 하지만 이번에 급습을 받아 반 폐인이 될 뻔했지."

"…어쩌다가?"

"신룡기획인가 뭔가 하는 놈들을 만나고 나서 그리 되었어."

"신룡기획이라……."

그는 바텐더 테이블 아래에 있던 쪽지를 꺼내어 그것을 손으로 만지작거리기 시작했다.

쪽지는 점자로 되어 있었는데, 일반적인 점자와는 그 체계가 완전히 달랐다.

원래 점자는 세로 세 개와 가로 두 개의 점으로 이뤄져 있는데, 이것을 조합하여 64개의 점형을 만들어낸다.

그러나 이 늙은 봉사는 가로 여섯 개, 세로 세 개로 구성된 점자를 사용하고 있었다.

아마 점자를 쓰는 본인이 아니라면 절대로 그 뜻을 알아차릴 수 없을 것이 분명했다.

그는 의문의 점자들 속에서 쪽지 하나를 집어냈다.

"신룡기획, 어디서 많이 들어봤다고 했더니 1년 전에 만들어진 페이퍼컴퍼니를 말하는 것이었군."

"페이퍼컴퍼니?"

"자금은 중국계에서 출자되어 있지만 본사의 등기는 인도에 있어. 하지만 이 두 가지 모두 허구라네. 이 세상에 신룡기획이라는 회사는 없어. 그저 모종의 세력이 불법 행위를 조장하는 데 사용하는 도구에 불과하지."

"으음, 그렇다면 그 신룡기획이 어떤 놈들과 관련되어 있는지 알 수 없겠나?"

"거기까진 나도 알 수가 없다네."

"그렇군."

봉사 바텐더는 완성된 보드카 마티니를 잔에 담아서 건넸다.

"마시게."

"고마워."

"그나저나 여류 검객의 상태는 어떠한가?"

"권에 당했네. 내장이 전부 진토가 되어버렸지."

"살아 있나?"

"운이 좋아서 살긴 했지만 평생 무공을 사용할 수 있을지

어떨지는 아직 모르겠어."

"아쉽군. 명화방 최고의 여류 검객 둘이 연달아 그런 일을……."

천하랑은 이번 사건에서 느낀 점을 그에게 알려주었다.

"그런데 말이지, 그 권이 다름 아닌 무당의 태극권일세."

"……?!"

"무당에서 왜 하필이면 우리 문하의 여류 검객을 폐인으로 만든 걸까?"

"흑막이 있는 것은 아닐까?"

"그래, 내 생각도 같네. 사실 아까 전에 그 아이의 병실에 잠시 다녀왔네. 내가 찬찬히 살펴보니 분명 태극권의 천권칠풍에 당한 것 같더군."

"천권칠풍은 무당의 제자들에게도 잘 알려지지 않은 상승 무공이 아닌가?"

"그러게 말일세. 한데 내가 본 천권칠풍과는 조금 달랐어."

지금으로부터 50년 전, 천하랑은 무당의 권왕이라 불리는 장칠기에게 천권칠풍을 맞고 3년 동안 와병 생활을 한 적이 있다.

당시의 지하 세계는 거의 전쟁터를 방불케 하였는데, 각 무인 세력들이 충돌하여 하루도 피가 마를 날이 없었다.

천하랑은 그때 전 세계를 돌면서 세력을 확장시키는 데 주력했음으로 각 문파의 비기와 전승무공을 전부 맛보았다.

그는 무당의 천권칠풍에 맞은 당시를 회상해 냈다.

"태극권은 내가권일세. 일반적인 권법과는 달라. 내공 위주의 권이라 외상도 그리 많지 않지. 그런데 그 아이의 몸엔 외상이 꽤 많았단 말이지."

"흠……."

"더군다나 천권칠풍에 맞으면 내장이 찢어지는 것이 아니라 파열, 터져 버려. 내가 그때 살아남을 수 있던 것은 소형 이무기의 비늘을 벗겨서 만든 갑옷 덕분이었어. 그럼에도 불구하고 충격이 3년 동안 장기에 남아 와병 생활을 했어. 내장이 퉁퉁 부어서 제 기능을 못했거든."

"그렇다면 제대로 된 천권칠풍은 아니라는 소리인가?"

"그럴 가능성이 높아. 아님 내공이 많이 부족하거나."

"더군다나 외상은 허의 외공에 맞은 것 같더군."

"쇄겸이나 골본도 같은?"

"그래, 맞네."

"허의 외공을 사용하는 사람들이라면 서역의 고수들일 가능성이 높겠군."

천하랑은 조금 다른 의견을 제시했다.

"내 생각도 같네. 하지만 말일세, 누군가 일부러 이간질을 시키기 위해 서양 살수에게 내가권을 가르쳐 흉내를 내도록 한 것은 아닐까?"

"뭐? 무당의 권을 살수에게?"

"그러면 그림이 좀 그려지지 않나?"

"하지만 다른 무공도 아니고 상승 무공을 누가 그리 쉽게 배울 수 있단 말인가? 그것도 아시아의 무사도 아니고 서양의 코쟁이들이 말이야."

천하랑은 한 가지 가설을 내세웠다.

"혹시 당문의 제자가 무당파와 내통하여 권을 배웠다면……?"

"……!"

"그리하면 말이 좀 되지 않겠나?"

"하지만 그것은 불가능하네. 무당그룹이 얼마나 고지식한지 자네도 잘 알지 않나?"

"그건 그렇지만 무당의 제자들이라고 해서 모두 다 고결한 것은 아니지."

"흐음……."

"조사해 볼 필요가 있어."

그는 고개를 끄덕여 천하랑의 말에 동조해 주었다.

"알겠네. 내 한번 알아보도록 하지."

"고맙네."

이윽고 장님이 천하랑에게 쪽지를 몇 장 건넸다.

"받게."

"이게 뭔가?"

"얼마 전에 자네가 말한 그 통장을 빼돌리는 좀도둑들에 관한 정보일세."

천하랑은 슬그머니 미소를 지었다.

"하여간 섬세한 것은 여전하군."

"죽을 날이 그리 멀지 않았는데 자네에게 주지 못할 것이 무엇이 있겠나?"

"이 친구도 참, 마음에도 없는 소리를 하는군. 죽긴 누가 죽는다고 그래?"

장님은 쓸쓸하게 웃었다.

"후후, 자네도 잘 알잖나? 내 병이 어떤 병인지 말이야."

"…그놈의 암 덩어리가 뭐라고."

"사람이 욕심을 부리면 뭘 하겠나? 죽으면 끝인 일인데."

"……."

그는 천하랑에게 반지를 하나 건넸다.

"자네에게 부탁이 있어."

"…뭔가?"

"이 술집을 이어줄 사람을 좀 찾아주었으면 하는데, 할 수 있겠나?"

"자네의 후계자를 찾는 건가?"

"우리도 이제 슬슬 은퇴하여 죽을 자리를 찾아가야 할 텐데, 언제까지 이러고 있을 수는 없지 않나?"

"그건 그렇지."

"어때? 해줄 수 있겠나?"

"그래, 고심해 보겠네."

"고마우이."

천하랑은 해가 뜰 때까지 술집에 앉아 취하지도 않을 술을 연거푸 마셨다.

*　　　*　　　*

홍콩 침사추이의 화려한 불빛 사이로 한 사내가 비틀거리며 걸어가고 있다.

"허억, 허억!"

희끗희끗한 그의 머리카락은 절반쯤 불에 그슬려 꼬불꼬불하고 온몸에는 심한 화상이 자리 잡고 있었다.

잘 모르는 사람이 본다면 그가 지금 막 전쟁에서 돌아왔다고 해도 충분히 믿을 정도의 몰골이다.

그는 밀려드는 고통과 함께 극심한 수치심을 느끼고 있었다.

"제기랄! 감히 나를 그깟 코딱지로 짓이겨 버리다니!"

몇 시간 전에 태하에게 코딱지 일격을 맞아 처참하게 패배한 삼합회의 거두 침원춘은 앞으로 얼마나 병상에 누워 있어야 할지 알 수 없는 상태였다.

공식적으로는 삼합회의 거두로 알려져 있지만 그는 신흥 무인 세력인 '월트슨 가드'의 수뇌부였다.

월트슨 가드는 북미의 던전을 중심으로 세력을 확장 중인 무인 세력으로서 이제 막 이름을 알리기 시작하였다.

그런데 새파랗게 어린 애송이의 코딱지에 맞아 패배했으니 앞으론 얼굴을 들고 다닐 수도 없게 되었다.

"…속이 쓰리군."

그는 침사추이의 번화가 한복판에 위치한 고급 술집 '파란 고래'로 들어섰다.

파란고래의 주변을 지키고 있던 삼합회의 조직원들이 그를 향해 몰려들었다.

"형님!"

"…조용히 해라. 괜한 소란 피워 이 일이 알려지면 난 끝장이다."

"예, 알겠습니다!"

조직원들의 호위를 받아 파란고래의 지하실로 들어선 그는 고통에 인상을 찡그렸다.

"…죽을 맛이군."

"의사를 부를까요?"

"그래."

"잠시만 기다려 주십시오."

오늘 하루는 그의 인생에서 가장 길고 괴로운 하루였다. 그는 이제 좀 푹 쉬고 싶다는 생각뿐이었다.

하지만 그런 그의 휴식을 방해하는 소리가 들려왔다.

끼익, 쿵!

지하실 문이 안에서 잠기는 소리가 들린 것이다.

"......?"

지금 지하실에는 침원춘 한 사람밖에 없는데 어떻게 문이 잠긴단 말일까?

그가 살며시 눈을 떠보니 반짝거리는 미러볼 같은 것이 머리 위에 서 있다.

"크리스털? 뭐야, 이게?"

바로 그때, 크리스털이 그에게 주먹을 휘둘렀다.

빠악!

"크허억!"

순간, 그의 코에서 마치 호두 깨지는 소리가 들리며 사방으로 선혈이 튀어 올랐다.

—깡, 깡!

비릿한 피 내음과 함께 정신을 퍼뜩 차린 침원춘은 코를 부여잡고 일어섰다.

"이런 씨발! 이건 또 뭐야?!"

─깡깡!

마치 캥거루가 복싱을 하듯 꽤나 요란스럽게 콩콩 뛰며 스텝을 밟던 크리스털 인간이 믿을 수 없는 속도로 쇄도해 들어왔다.

스으으으윽!

"……!"

침원춘은 순식간에 허리를 놈에게 붙잡히고 말았다.

터억!

"이, 이런 썩을?!"

뒤에서 그의 허리에 팔을 감은 크리스털 인간은 거꾸로 그의 허리를 꺾어 머리를 바닥에 짓찧었다.

콰앙!

그 이후에도 크리스털 인간은 대략 50번 정도 같은 동작을 반복하였다.

콩, 콩, 콩, 콩!

침원춘은 자신이 공중 부양을 하고 있다고 생각했다.

'난 죽은 것인가? 결국 황천으로 가버린 건가?!'

머리가 지끈거리고 후두에서부터 비릿한 피 냄새도 났다.

그는 죽은 것이 아니라 머리가 깨질 정도로 쥐어터지고 있었던 것이다.

'머리가 깨진 건가? 아니, 현경의 경지에 오른 내가 어떻게 머리가 깨진다는 말인가?'

그는 아직까지 자신보다 고강한 사람에게 두들겨 맞아 머리가 깨져본 적은 없지만, 현경의 경지에 올랐다고 해서 깨질 머리가 안 깨지는 것은 아니었다.

다만 그의 경지를 뛰어넘는 사람만이 그것을 가능케 할 뿐이다.

기절한 침원춘의 몸이 질질 끌려 지하실 위로 올라갔다.

쿵, 쿵, 쿵!

머리가 계속해서 계단에 부딪쳤지만 크리스털 인간은 아랑곳하지 않았다.

잠시 후, 크리스털 인간과 침원춘의 조직원들이 맞닥뜨렸다.

―깡, 깡?

"저, 저 새끼가 우리 형님을?!"

"잡아!"

―깡깡!

크리스털 인간은 침원춘을 한 손에 잡은 채 일장을 내질렀다.

*   *   *

침사추이 한복판, 때 아닌 패싸움이 벌어지고 있다.

붕붕붕붕붕!

아니, 이것은 일 대 다수의 싸움이기에 패싸움이라고 하기에도 뭣했다.

마치 팽이가 돌아가듯 사정없이 몸을 빙글빙글 돌리면서 회전하던 금강석 인형이 내력이 가득 담긴 장을 내질렀다.

퍼엉!

무려 1,500바퀴를 회전하면서 축적시킨 내력은 가속도를 받아 무서운 추진력을 냈다.

쐐에에에엥!

삼합회의 거두로 알려진 백석회의 조직원들은 금강석 인형의 일장에 속수무책으로 나가떨어져 버렸다.

콰앙!

"크허억!"

"쿨럭쿨럭!"

"저, 저런 괴물 같은 새끼를 보았나?!"

무공이라곤 동네 문화회관에서 주말마다 해주는 기체조를 배운 것이 고작인 그들로선 금강석 인형이 지금 뭘 어떻게 한 것인지도 모르고 있었다.

한마디로 사람이 팔만 내젓는데 50명도 넘는 조직원들이

나가떨어지고 있는 것과 같았다.

그러나 이상한 것은 이렇게 무지막지한 권풍을 맞았음에도 그 어떤 누구 하나 다친 사람이 없었다.

이것은 금강석 인형의 목적이 사람을 죽이는 것이 아니라 침원춘을 잡아오는 것이기 때문이었다.

제아무리 인령진에 의해 맹목적으로 움직이는 금강석 인형이라고 해도 무고한 생명을 앗아가는 짓은 하지 않는다.

잠시 후, 침원춘이 정신을 차렸다.

"…으윽, 이게 도대체 무슨 난리야?!"

―깡, 깡?

"이런 빌어먹을 마네킹 같으니! 네놈, 어디서 온 누구의……."

퍼억!

"꼬르르륵."

어차피 정신을 차려봤자 다시 기절해서 축 늘어질 침원춘이다.

금강석 인형은 이제 태하가 있는 곳까지 단숨에 달려가야 하기 때문에 더 이상 이곳에 머무를 수가 없었다.

끼리릭, 챙!

인령진은 주인의 머리에 들어 있는 지식을 일부분 발췌해서 사용하기 때문에 금강석 인형은 스케이트보드를 만드는 일도 가능했다.

스스스스, 펑!

스케이트보드에 현경의 내공이 더해지니 그 추진력은 가히 스포츠카와 맞먹을 정도였다.

끼기긱, 부아아아앙!

머리카락이 벗겨질 정도로 재빠르게 달려가는 금강석 인형의 뒤로 경찰차가 따라붙었다.

위잉, 위잉!

—전방에 불법 개조 차량, 거기 서세요! 갓길로 세워요!

지식의 일부분을 발췌하긴 하지만 완벽하게 오마주 되는 것은 아니기 때문에 경찰 따위가 따라온다고 그 자리에 설 리가 없는 금강석 인형이다.

—안 서면 발포하겠음! 어서 차 세워요!

금강석 인형은 아랑곳하지 않고 계속해서 달려 나가다 결국 총을 맞고 말았다.

철컥, 타앙!

하지만 총을 맞았다고 해서 다이아몬드가 어떻게 되지는 않는다.

티잉!

경찰들은 화들짝 놀라서 두 눈을 비볐다.

"허, 허억! 저게 뭐야?!"

"아이언맨인가?!"

"…장난하나? 현실 세계에 무슨 아이언맨이 있어?"

"그, 그렇지만 저건……."

"티타늄과 공업용 다이아몬드로 도금했겠지. 흠, 저 정도 스케일이면 마피아나 흑사회 쪽 사람이 아닐까?"

"하지만 도대체 무엇 때문에 저런 엄청난 물건을 개발해서까지 납치 행각을 벌이는 것일까요?"

"일종의 투자가 아닐까?"

"그런가?"

"일단 용의자와 최대한 가까이 붙어. 얼굴을 찍어서 인터폴에게 공조 수사 요청하게."

"그, 그 정도의 스케일인 겁니까?"

"…머리가 없어? 침사추이 한복판에서 납치 행각을 벌였다고. 홍콩 경찰을 무슨 졸로 보는 것도 아니고, 이대로 가만있을 수는 없잖아?"

경찰들의 갑론을박이 계속되던 바로 그때, 금강석 인형이 자신의 몸에 박혀 있던 탄피로 탄지공을 쏘아냈다.

피융!

그러자 탄환은 경찰차 보닛을 뚫고 들어가 동력 장치를 끊어버렸다.

쉬이이이이익!

"이, 이게 뭐야?!"

"저놈, 총을 소지하고 있던 겁니다!"

"다이아몬드 슈트에 총기까지? 정말 아이언맨이라도 되는 건가?"

경찰차는 완전히 멈추어 버렸고, 금강석 인형은 스케이트보드를 공중으로 띄워 하늘을 날았다.

펄럭!

이제 경찰은 금강석 인형을 더 이상 쫓을 수 없게 되어버렸다.

"…아이언맨이 맞나 본데?"

"큰일이군요. 저런 놈이 납치범으로 나서다니."

홍콩 경찰들은 한동안 충격에서 벗어나지 못한 채 그 자리에 서 있었다.

*　　　　　*　　　　　*

홍콩 침사추이의 대로변.

빠앙!

오밤중에 길이 막혀 차들이 좀처럼 앞으로 나가지 못하고 있다.

검은색 야구 모자를 눌러쓴 설화령은 짜증이 섞인 표정으로 창밖을 바라보았다.

"…도대체 이 밤에 무슨 차가 이렇게 막히는 거야? 지금이 러시아워 시간대도 아닌데."

연신 경적을 울려도 차는 움직일 생각을 하지 않는다.

그녀는 운전대에서 손을 뗐다.

"후우, 이젠 나도 모르겠다. 될 대로 되라지."

설화령은 안전벨트를 풀고 승합차 운전석의 자동차 시트를 뒤로 끝까지 젖혔다.

끼릭.

가만히 눈을 감고 심호흡을 하니 답답한 마음이 좀 가시는 것 같았다.

"내 팔자도 참 기구하지. 기껏 죽어라 공부해서 이제 막 교수 자리 좀 노려보겠다고 설치다가 이게 뭐야?"

그녀의 집안은 중국 의술계에서도 명망이 높은 요녕의 설가이다.

고대 신의 화타에게 직접 의술을 사사해 지금까지 그 명맥을 이어온 설가야말로 명실공히 최고의 의술가 집단이라 할 수 있었다.

이 집안은 남녀를 불문하고 의사라는 직업을 갖고 나름대로 명성을 떨치는 데 온 일생을 바친다.

사람을 살리겠다는 일념하에 의술을 배우는 요녕 설가이지만 그 집단 내부에서의 경쟁은 오히려 무인 집단보다 더 치열하다고 볼 수 있었다.

더군다나 설화령이 전공한 외과는 무인 집단과 밀접하게 연관된 설가의 특성상 가문의 심장부라 할 수 있었다.

설가는 의사계의 인맥에 거의 대부분을 차지하는 집안이지만 학연과 지연을 철저히 배제하는 바, 최고가 아니면 금세 도태되고 만다.

쟁쟁한 칼잡이들이 많은 설가의 외과에서 설화령과 같은 아녀자가 살아남기엔 그 환경이 너무나도 척박하였다.

그러나 그녀는 억척같이 공부하고 실전 경험을 두루 쌓아 지금의 자리까지 올라올 수 있었다.

그녀는 던전에 상주하는 무인들의 주치의로서도 3년간 일했고, 지금까지 응급실과 외과수술실에서 거의 모든 시간을 보내고 있었다.

아마 평범한 집안의 의사 같았다면 벌써 교수 자리를 꿰찬 것으로도 모자라 대학병원의 부과장 정도는 노려보았을 것이다.

그러나 그녀는 아직도 원정 수술을 다니는 떠돌이 의사에 불과했다.

태선중앙대학병원의 VIP는 원 외 왕진 수술을 받을 수 있는 권한이 있는데, 30년 전까지만 해도 이것은 심각한 불법 행위였다.

하지만 던전에서의 싸움이 인류의 존립과 관련되어 있으니 왕진으로 수술을 감행하는 것은 아주 흔한 일이 되어버렸다.

그녀는 이제 슬슬 막힌 길이 풀려 다시 운전대를 잡았다.

"후우, 차라리 하루 종일 길이 안 뚫렸으면 좋았을 것을. 또 혼자서 수술할 생각을 하니 막막하네."

원래대로라면 의료진이 정식 수술차를 타고 달려가서 집도해야 정상이나 오늘은 그녀 혼자서 집도해야 한다.

병원의 특성상 왕진을 보낼 간호사가 절대적으로 부족한 데다 오늘의 수술은 무인을 상대하는 것이 아니기 때문이다.

그녀가 오늘 수술해야 할 사람은 삼합회의 거두 침원춘이었다.

"이럴 줄 알았으면 해외 유학이나 갈 것을 그랬나? 어휴, 이제 무슨 기구한 팔자야? 삼합회라니, 정말 넌덜머리가 나는구나."

홀로 삼합회의 거두를 수술할 생각을 하니 벌써부터 머리가 핑 도는 느낌이 든다. 하지만 이것이라도 그녀에겐 VIP 수술의 경력이 쌓이는 것이니 어쩔 수 없었다.

그녀는 약속 장소인 푸른고래로 들어가는 골목으로 핸들을 꺾었다.

끼익.

하지만 바로 그때, 그녀의 곁을 스치는 그림자가 있었다.

쐐애애앵!

바람을 가르는 엄청난 속도의 스케이트보드가 그녀의 승합차를 스치듯 지나갔다.

쨍그랑!

"꺄악!"

쏜살같이 달려가며 사이드미러까지 부수어 버린 스케이트보드의 뒤로 한 남자의 얼굴이 보인다.

순간, 그녀는 자신의 눈을 의심했다.

"어, 어머나? 저 사람은……?"

오늘 수술해야 할 사람이 스케이트보드에 대롱대롱 매달려 달려가고 있는 것이다.

황당한 눈으로 그를 바라보던 그녀의 곁으로 이번에는 경찰차와 삼합회의 조직원들이 우르르 몰려갔다.

"잡아!"

삐용, 삐용!

그녀는 황당한 눈으로 그들을 바라보았다.

"이, 이게 꿈은 아니겠지?"

오늘 수술은 이것으로 결렬되었으니 다시 병원으로 돌아가야 하는 그녀이다.

"덕분에 수술 한 건 굳었네. 휴우, 정말 다행이야."

그녀는 꽤 신이 난 표정으로 돌아섰다.

*   *   *

같은 시각, 인도의 신룡기획으로 150명의 떠돌이 사냥꾼이
피투성이가 되어 돌아왔다.

계동춘은 인상을 와락 일그러뜨렸다.

"…어떻게 된 것이냐? 놈들은 비행기에서 추락했다고 하지
않았나?"

"뜻밖의 고수가 있었습니다. 침 형도 놈의 손에 당해서 지
금 중상을 입었습니다."

"뭐라?!"

그는 자신의 귀를 의심했다.

"제아무리 명화방 7대 장로라고 해도 150명의 인원을 이렇
게 순식간에 해치울 수는 없다. 더군다나 네놈들의 무공은 떠
돌이 무사 이상이 아니던가? 그중의 절반은 화경이고. 혹 놈
의 연배가 꽤 높던가?"

"젊은 애송이였습니다. 무슨 기생오라비처럼 생겨선 무공이
보통이 아니었습니다."

"…애송이?"

"예, 본부장님."

"이게 도대체 어떻게 돌아가는 판이야? 그런 무지막지한 애송이가 도대체 어디에 있단 말인가?"

계동춘이 깊은 생각에 잠기는 찰나, 신룡기획 15층 건물의 유리창이 전부 깨지며 150명의 신형이 쏟아져 들어왔다.

—깡, 깡, 깡!

"뭐, 뭐야?!"

"웬 놈들이냐?!"

150명의 괴한들은 노래방의 미러볼처럼 요란한 불빛을 쏟아내며 득달같이 달려들어 계동춘을 공격했다.

쉬이이이익!

상당히 신묘한 장법에는 불꽃이 뒤섞여 계동춘을 휘몰아치듯 덮쳐왔다.

그는 옆구리에서 체인소드를 꺼내 들었다.

챙!

"흥, 그렇게 쉽게 당할 것 같으냐?!"

—깡, 깡!

체인소드를 마치 채찍처럼 휘두른 계동춘은 동시에 네 명의 괴한을 한꺼번에 저만치 날려 버렸다.

휘릭, 콰앙!

까앙!

가공할 만한 공력을 실어서 일격을 내친 계동춘은 잠시 숨을 골라 쉬었다.

"후우……."

공력의 1/10에 달하는 일격을 내쳤으니 당연히 한 템포 쉬어가는 것이 옳을 것이다.

그러나 이것은 내력을 보호하기 위한 수단이기도 하지만 칼질이 난무하는 곳에서 휴식을 취한다는 것은 내공에 대한 자신감이기도 했다.

그러나 그런 그의 자신감은 곧이어 재앙이 되어 되돌아왔다.

부우우우웅, 쐐에에엥!

"어, 어어?!"

길이 80cm의 체인소드를 손에 쥐고 있던 계동춘은 무려 자신의 열 배에 달하는 크기의 체인소드를 바라보았다.

하지만 그는 이 공격을 알면서도 막지 못했다.

콰앙!

"크허어억!"

자신의 일격과는 격이 다른 공격에 체인소드가 그만 깨지고 말았다.

쨍그랑!

"허억, 허억! 이놈들! 도대체 어디서 온 것이냐?! 최소한 출신은 밝혀야 도리가 아니겠나?"

─끼릭, 끼릭?

그들은 고개만 갸웃거렸다.

괴한들은 대답할 생각이 없는 것 같으니 그로선 은원의 한 자락도 남길 수가 없었다.

"…매너도 더럽게 없는 새끼들이군. 홍! 그래, 지껄이기 싫으면 지껄이지 마라!"

계동춘은 말가죽으로 만든 너클을 주먹에 끼운 채 권을 뻗었다.

"허업!"

녹색 기류가 넘실거리는 그의 주먹이 독무를 뿜으며 괴한들을 덮쳤다.

콰앙!

그는 일권을 뻗어놓곤 의기양양하게 웃었다.

계동춘은 권법이야말로 자신의 주특기라고 생각했기 때문에 저들이 권풍에 맞아 죽었을 것이라고 생각했다.

"으하하하! 어떠냐?! 이제야 좀 정신을 차리겠느냐?!"

자신의 권이 괴한 네 명을 처치했다고 믿어 의심치 않은 그는 호탕한 웃음을 연발하였다.

그러나 그의 웃음은 얼마 가지 못해 그쳤다.

휘이이이이잉!

사방이 일순간에 어두워지며 주변이 붉은 뇌전으로 가득

찼다.

"…감이 좋지 않은데?"

계동춘의 눈앞을 물들인 안개 속에선 붉은 뇌전이 마치 소용돌이처럼 마구 어지럽게 돌아다녔다.

이윽고 소용돌이치던 뇌전이 거대한 장풍으로 바뀌었다.

마치 주작의 부리처럼 생긴 장풍은 계동춘의 얼굴에 직격으로 떨어졌다.

콰앙!

화르르르르륵!

그의 얼굴이 불길에 휩싸였다가 사그라지자, 정신을 잃고 게거품을 문 계동춘의 눈동자가 보인다.

그야말로 되로 주고 말로 받은 계동춘은 괴한들에게 납치되어 사라져 버렸고, 150명의 떠돌이 무사들은 채 10분도 되지 않아 전부 제압되었다.

제3장
제압

신룡기획의 건물이 있는 인도 뭄바이로 태하와 그 일행이 당도하였다.

뭄바이 시가지에서 조금 떨어져 있는 신룡기획 건물은 인적이 그리 많지 않은 곳에 위치해 있었다.

피떡이 된 채로 쭈뼛쭈뼛 태하를 따르는 침원춘의 얼굴에 난감함이 가득 차 있다.

"저……."

"뭔가?"

"저는 이만 놓아주셔도……."

"뭘 개소리야? 죽고 싶어?"

"…저를 놈에게 데리고 가면 어차피 전 죽을 겁니다."

"그래서 지금 내 손에 당장 죽고 싶다는 건가?"

"그, 그건 아닙니다만……."

제아무리 날고 기는 현경의 고수라고 해도 태하의 눈엔 그저 밑이나 닦는 하바리에 불과하였다.

이런 놈들 100트럭쯤 덤빈다고 해도 태하는 눈 하나 깜짝하지 않을 것이다.

잠시 후, 침원춘이 떨어지지 않는 발걸음을 끝내 멈추었다.

아마도 이곳이 놈들의 소굴임이 틀림없었다.

신룡빌딩

별다른 문구는 없고 그저 빌딩의 이름이 한문으로 크게 적힌 것이 전부이다.

그러나 기획사 입구에 아무런 홍보물이 없다는 것이 이상했다.

"여, 여기입니다."

"으음, 그렇군. 그런데 안 들어가고 뭐 해?"

"저, 그게……."

태하는 침원춘이 멈춘 걸음을 떼도록 발로 엉덩이를 걸어찼다.

퍽!

"으윽!"

"정신 못 차리지? 내가 정신 차리게 해줘?"

"아, 아닙니다!"

무려 이틀 동안이나 끌려 다니면서 머리를 쥐어 터져 정신이 오락가락하는 판에 구타를 당하면 백치가 될지도 모른다.

태하는 그런 능력을 충분히 가진 사람이었다.

침원춘은 눈을 질끈 감았다.

"…제, 제가 안내하겠습니다."

"진즉 그럴 것이지."

잠시 후, 태하의 앞을 가로막고 있던 자동문이 열렸다.

지이잉!

그러자 처참한 광경이 일행의 앞에 펼쳐져 있다.

까앙, 까앙!

"사, 살려 주십시오."

금강석 인형들은 2인 1조의 뒤를 따라다니면서 연신 매질을 하고 있었는데, 2인 1조는 피골이 상접해 있다.

"무, 물 좀 주세요! 이러다 죽겠습니다!"

퍽퍽퍽!

"으허억! 아, 아닙니다! 죄송합니다!"

사람은 지치지만 금강석 인형들에게 체력이란 단어 자체가 무의미하다. 그러니 잠도 안 자고 밥도 안 먹고 사람을 족칠 수 있는 것이다.

덕분에 죽어나는 것은 고문을 당하는 사람들이었다.

이들은 지금 전신이 다 파김치처럼 늘어져 있었다.

한 사람이 뒤에서 양쪽 발을 잡아주고 앞사람은 두 팔로만 땅을 기는 훈련을 계속하고 있다.

근력과 지구력, 악력 등을 길러주는 완벽한 운동이지만 자지도, 먹지도 않고 며칠 기어 다니다 보면 노동보다 힘들다는 소리가 절로 나온다.

태하는 군이 침원춘을 이곳까지 제 발로 걸어 들어오게 한 것은 이런 지옥을 보여주기 위함이었다.

"앞으로 한 번만 더 개기면 저렇게 되는 거다. 알겠나?"

"예! 충성을 다하겠습니다!"

운동 고문을 당하는 사람들 중에는 신룡기획의 계동춘도 있었다.

"끄응……"

계동춘은 덜덜 떨리는 손으로 운동을 하다가 이내 픽 쓰러졌다.

털썩!

그러자 금강석 인형 두 개가 달려와 다이아몬드 경광봉으로 미친 듯이 매질을 하기 시작했다.

퍽퍽퍽퍽!

"컥, 컥, 컥, 컥, 컥!"

그것도 매번 때린 곳만 또 때리기 때문에 그 고통은 이루 말로 표현할 길이 없었다.

"씨발, 그만! 아니, 아니지! 죄송합니다! 다시는 안 그러겠습니다!"

말이 자꾸 헛나오는 것을 보니 그의 정신도 정상은 아닌 것 같았다.

태하는 이쯤에서 잠시 쉬는 시간을 주기로 했다.

"그만!"

―깡깡!

그의 한마디에 혹독한 매질이 끝나자 150명의 인원이 한순간에 무너져 내렸다.

"으허어……."

"허억, 허억!"

피골이 상접해진 그들에게 태하가 말했다.

"장 씨 일가와 명화방, 그리고 우리 사성회 김 씨를 건드린 대가는 생각보다 쓸 것이다. 각오는 하고 이런 일을 벌였으리라 생각한다."

"아, 아닙니다! 저희들은 정말 아무것도 몰랐습니다!"

"으음, 그래?"

"저 계동춘이란 작자가 모든 일을 꾸몄습니다! 저희들은 진짜 아무것도 몰랐어요!"

"……."

계동춘의 표정이 삽시간에 굳어가기 시작했다.

"…왜 나만 탓하는 건가?! 너희들도 돈을 받고 한 일 아닌가?! 다 차려진 개방의 밥상에 숟가락만 얹는다고 좋아하던 놈들은 다 어디로 갔나?!"

"헛소리! 저놈이 개소리를 지껄이는 겁니다!"

태하는 계동춘의 말에 조금 더 귀를 기울이기로 했다.

"뭐가 어째? 어디에 숟가락을 얹어?"

"……."

계동춘은 아차 싶어서 입을 꾹 다물었다.

나름대로 말실수를 했다고 생각하여 입을 다물었겠지만, 그건 오히려 역효과를 불러왔다.

"다시 한 번 말해봐. 뭐가 어쨌다고?"

"…아닙니다. 제가 정신이 좀 오락가락해서 말입니다."

"흠, 그렇군."

태하는 인령진들에게 말했다.

"이놈들이 아직 정신을 못 차린 모양이다. 며칠 더 돌자고. 다시 시작해. 아예 다 죽여 버려"

—깡, 깡!

"사, 살려주십시오!"

안 그래도 하도 얻어맞아 맷독이 뼈까지 스며든 마당에 다시 그 운동을 하는 것은 죽으라는 소리였다.

손이 발이 되게 비는 그들에게 태하는 심드렁하게 말했다.

"원래는 살려줄 생각이었다. 지금도 그 생각은 변함이 없고. 하지만 계동춘 저 작자가 입을 열지 않으니 나로선 연대책임을 물을 수밖에."

순간, 150명이 억수처럼 욕을 쏟아내기 시작했다.

"계동춘, 이 씨발 놈아! 그냥 입을 열어! 그냥 좀 열라고!"

"똥구멍에 말뚝을 박아버리기 전에 입 열어! 입을 열라고!"

"……."

결국 계동춘은 더 이상 버티지 못하고 입을 열고 말았다.

"…좋습니다! 모든 것을 다 말하겠습니다!"

"생각이 바뀐 모양이지?"

"살려만 주신다면……."

"후후, 그래야지. 그래야 얘기가 통하지."

그제야 계동춘 등은 잠시나마 휴식을 맛볼 수 있게 되었다.

*   *   *

계동춘이 태하에게 해준 이야기는 상당히 의외의 것들이

많았다.

"으음, 그러니까 당문이 뒷골목에서 번 돈으로 지금 이 정도
의 고수들을 키워냈다?"

"예, 그렇습니다."

그는 당문이 엄청난 물량 공세로 옥션에 올라오는 영약들
을 대단위로 사들여 지금의 화경 집단과 현경의 고수들을 키
워냈다고 말했다.

하지만 깨달음이 없는 현경은 반쪽짜리에 불과하기 때문에
제대로 힘을 쓰는 것은 불가능할 것이다.

"만약 저희들이 진짜 현경의 고수로 올라섰다면 이렇게 공
작에 희생될 리는 없겠지요."

"그래, 이 정도 고수라면 던전 관리인으로 써먹어도 꽤 요긴
하게 써먹을 테니까."

이른바 '던전 키퍼'라 불리는 관리인 직책은 최소한 화경 이
상의 고수가 맡게 되어 있는데, 던전에서 일어나는 대소사를
모두 다 관장하자면 어지간한 몬스터는 혼자의 힘으로 쓰러
뜨릴 수 있어야 한다.

그렇기 때문에 화경쯤 되는 고수는 어디를 가나 대접을 받
을 수밖에 없다.

오늘 이곳에 모인 화경의 고수들 역시 천년하수오의 뿌리
를 약간 떼어내 달인 영약으로 만들어진 일회용 고수들이다.

아마 며칠 내로 몸 안의 진기가 배설물을 통하여 빠져나가 본래의 무공 성취만 남게 될 것이 분명했다.

한마디로 당문은 이 모래성 같은 일회용 집단을 끌어모으기 위해 천억 단위의 자금을 동원한 것이다.

제아무리 뒷골목의 거두라고 해도 이 정도의 자금을 운용한다는 것은 그리 쉬운 일이 아니다.

더군다나 영약을 판매하는 국가 공인 옥선은 검경이 관련되어 있어 검은돈은 아예 유통이 불가능하게 되어 있다.

태하는 당문의 역량이 어느새 이 정도까지 성장했나 싶다.

'그동안 뒷골목에서 힘깨나 키워온 모양인데?'

그는 계속해서 계동춘의 얘기에 귀를 기울였다.

"당문에서 자금줄을 담당하고 있는 당영성이라는 작자가 우리를 모집하고 선단에 대한 얘기를 꺼냈습니다. 그리고 이번 일이 잘 풀리게 되면 한 자리 떼어준다고 했고요."

"잘 풀린다. 어떤 식으로 돌아가야 일이 잘 풀리는 건데?"

"지하 세계 무인 연맹의 해체입니다."

순간, 태하의 눈썹이 꿈틀거렸다.

"무인 연맹?"

"아직까지 체계가 잡히지 않은 무인 연맹이 와해된다면 분명 당문이 끼어들 틈바구니가 생길 것이라고 말했습니다. 당영성은 저희들에게 그것을 항상 강조했습니다."

태하는 그가 천억이 넘는 돈을 투자한 것이 아주 무리는 아니라는 것을 어렵지 않게 알 수 있었다.

"현재 북미에서 활동하고 있는 신흥 무인 집단 웨일슨 가드 역시 당문의 자금이 출자되어 만들어진 곳입니다. 당영성은 현재 지하 세계에서 밀려나 흩어져 있는 개방의 세력을 완전히 뿌리 뽑고 자신들이 그 자리를 차지할 수 있을 것이라고 말했습니다."

"그게 말이 되는 소리인가? 아직도 개방이 관리하던 던전은 그 제자들이 남아 사냥을 계속하고 있다. 누군가 갖고 싶다고 해서 빼앗을 수 있는 곳이 아니야."

"저도 그건 알고 있습니다."

"흠……."

과연 당영성이 무슨 생각을 하고 있는 것인지 태하로선 도저히 답을 찾을 수가 없었다.

다만 이 모든 것이 당문의 부활을 위해 그가 짜놓은 철저한 연극이라는 것은 확신할 수 있었다.

"그렇다면 너희들이 사용한 그 무공, 각 문파의 상승 무공은 어떻게 된 것이냐?"

"몇몇은 뒷골목에서 사들인 것이고 사성회의 후기지수를 칠 때엔 진짜 고수가 동원되었습니다."

"……!"

순간 태하는 자신의 귀를 의심했다.

"일화신장을 맞아 돌아가신 내 부친이 지하 세계 고수에게 당했다?"

"아마도 김명화 같은 고수가 일화신장 한 방에 죽지는 않았겠지요. 언뜻 들었는데 김명화를 죽이는 데 투입된 인원이 대략 20명쯤 된 것 같더군요."

"…그러니까 무인 집단 하나가 동원된 것이 아니군."

"그렇지요."

"그렇다면 무인 집단의 수뇌부도 이 사실을 알고 있나?"

그는 고개를 가로저었다.

"고수들이 투입된 것은 맞습니다. 하지만 과연 무인 집단 모두가 동원되었는지는 저희들도 알 수가 없지요."

"으음……."

계동춘은 고개를 푹 숙였다.

"…아무튼 장지원 여협의 일은 입이 열 개라도 할 말이 없습니다."

"……?"

그는 태하가 고개를 갸웃거리자 당황하여 물었다.

"아, 알고 계신 것 아니었습니까?"

"뭘 말이냐?"

"당문이 무취의 무공독으로 그녀를 중독시켜 놓고 제가 태극권으로 그녀를 친 것을."

순간 태하는 눈을 까뒤집으며 일어섰다.

"…이런 개자식을 보았나?! 네가 바로 내 이모의 원수로구
나!"

"사, 살려주십시오!"

바로 그때, 빌딩 문이 열리며 한 무리의 사내들이 쏟아져
들어왔다.

콰앙!

계동춘의 멱살을 틀어쥐고 있던 태하가 곁눈질로 사내들을
쳐다보았다.

녹색 정장을 입은 사내들 가운데 홀로 흰색 정장을 입은
한 남자와 태하의 눈이 마주쳤다.

"네놈이 바로 이 사태의 원흉인가?"

"저건 또 뭐하는 떨거지야?"

계동춘은 그 남자를 보자마자 바로 안색을 바꾸었다.

"당문에서 나와 주셨군요! 흥! 네놈들은 이제 다 끝장이다!
제아무리 네놈의 무공이 높다고 한들 저들을 모두 죽일 수 있
을 것 같으냐?!"

"이놈이 미쳤나? 갑자기 난리법석이군."

"어차피 내가 실토한 것들은 네가 죽으면 멸구 될 것, 나는
당문이 이곳으로 올 것을 진즉 알아채고 있었다!"

이제 보니 그는 당문이 이곳까지 쳐들어올 시간을 벌기 위해 일부러 실토한 모양이다.

태하는 실소를 흘렸다.

"큭큭, 좋아, 차라리 잘되었다. 기왕지사 이렇게 된 김에 한꺼번에 모두 다 정리하는 것도 나쁘지 않겠지."

"훙, 마음대로 해라!"

흰색 정장을 입은 사내가 태하를 바라보며 조롱 섞인 어투로 말했다.

"듣자 하니 최근에 병신이 된 나부랭이와 사촌지간이라면서? 잘되었군. 이참에 함께 병신 짓을 하면서 사는 것도 나쁘지는 않겠어."

"푸하하하하하!"

태하는 그의 도발에 오히려 미소를 지었다.

"후후, 체력 단련 코스에 온 것을 환영한다."

"……?"

그는 자신의 곁에 다리가 풀려 주저앉아 있는 계동춘에게 말했다.

"어이, 네놈. 오늘의 이 사달은 네놈이 자초한 것이다. 그러니 뒈질 때까지 운동 고문을 당해도 할 말은 없을 테야. 내 말이 맞나?"

"…미친놈이군. 내가 왜 운동을 해야 하는가? 지금 곧 죽을 사람이 누구인지 알고 그딴 소리를 지껄이는 것이냐?"

"후후, 그거야 두고 보면 알 일이고."

태하는 금강석 인형들을 모아 하나의 검으로 만들었다.

스르르릉, 챙!

다이아몬드로 만들어진 무색의 검에 태하의 얼굴이 그대로 투영되었다.

"자, 그럼 요리를 시작해 볼까?"

"쳐라!"

"예, 도련님!"

태하를 향해 족히 200명은 될 법한 사내들이 달려들었다.

하지만 그는 여전히 잔잔한 미소를 띠고 있었다.

*　　　　　*　　　　　*

다이아몬드로 만들어진 작은 검이 한차례 지나갈 때마다 당문의 무사들은 속수무책으로 떨어져 나갔다.

"청룡, 적운수!"

끼이이이잉

검붉은 나선형의 진기가 빠르게 회전하면서 다리를 베어갔는데, 그곳에는 딱딱한 혈전이 생겨 다리가 천천히 괴사하기 시작했다.

당영성은 김태하라는 저 무공 무지렁이가 분명 사마외도의 마공을 익혔다고 생각했다.

"나도 나지만 네놈은 나보다 한술 더 뜨는 놈이로구나!"

"후후, 당연히 한술 더 뜨지. 너 같은 놈들은 지렁이만도 못하다고 볼 수 있다."

당영성은 사람의 검이 어떻게 저렇게 신묘하게 움직일 수 있으며, 인간의 관절이 저리 기이하게 꺾일 수 있는지 의문이 들었다.

또한 내공이 이제 진정한 현경에 오른 자신이 보기에도 터무니없이 깊어서 도저히 깊이를 가늠할 수가 없었다.

하니 김태하가 익힌 무공은 당연히 사악한 마공임이 틀림없다고 생각했다.

하지만 일이야 어찌 되었든 간에 그가 엄청난 내공을 지닌 사내라는 점은 변하지 않았다.

"청룡, 천둥연격!"

콰지지지지직!

그의 검에서 뻗어 나온 푸른색 전기가 마치 비호처럼 사방을 뛰어다니며 당문의 무사들을 미친 듯이 물어뜯기 시작했다.

당영성은 자신의 앞에 100명이 넘는 무사들이 일격에 무너지는 것을 똑똑히 지켜보았다.

콰지지직, 퍼엉!

"끄아아아악!"

"…마공을 익혔든 뭐든 간에 저놈은 사람이 아니다! 이미 인간의 경지를 뛰어넘은 것이 분명해!"

도대체 어떤 사람이 일 검을 출수해 100명이 넘는 무인을 감전시킬 수 있단 말인가?

더군다나 시간이 지나면 지날수록 뇌전의 위력은 점점 더 커져갔다.

아무래도 뇌전이 사람과 사람 사이를 한 번씩 거쳐 갈 때마다 진기를 빨아들여 외공이 강화되는 것 같았다.

그의 상식선에서 본다면 이것은 무공이 아니고 일종의 소환이나 마찬가지였다.

당영성은 자신의 모든 내공을 다 끌어모아 태하의 일격에 대항하였다.

챙!

그의 손에서 뻗어 나온 골본도가 채찍처럼 길게 늘어나 태하의 뇌전을 마구 쳐내기 시작했다.

팅팅팅!

그러나 당영성의 골본도는 단 일격에 튕겨져 나왔다.

까앙!

"으으윽!"

그는 태하가 출수한 단 한 수를 이기지 못하여 전전긍긍하는 신세가 되어버렸다.

"끄응! 저놈은 진정 사람이 아니란 말인가?"

당영성이 적절한 대처법을 찾지 못하고 있는 가운데, 점점 강력해지던 천둥연격이 서서히 붉은색으로 변하기 시작했다.

스스스스스!

순간, 당영성은 이것이 엄청난 폭발을 일으킬 것이라고 예감했다.

'외공은 출수한 그릇에서부터 일정한 양의 진기를 머금고 강력해진다. 그리고 그것이 절정에 도달했을 때엔……'

당영성은 재빨리 몸을 피하기로 했다.

"폭발이다! 모두들 도망쳐!"

"…으으으!"

벌써 뇌전에 진기를 빼앗겨 바닥에 쭉 뻗어버린 그들에게 더 이상의 희망은 없을 것 같았다.

결국 당영성은 홀로 건물을 박차고 나가기로 마음먹었다.

"젠장! 돈이 아깝다만 어쩔 수 없지!"

"다, 당영성 이사님! 저희들을 버리고 가시는 겁니까?!"

"별수 없지 않느냐? 살 사람은 살아야지!"

그가 유리창을 깨뜨리고 나갈 때쯤, 사방에서 뇌전이 폭발하며 건물이 통째로 흔들리기 시작했다.

콰과과과과광!

"끄아아아악!"

끔찍한 비명 소리를 뒤로한 채 간신히 유리창을 깨뜨리고 나온 당영성이었으나 그 역시 내공에 심각한 타격을 입고 말았다.

퍼엉!

서걱!

"으허억!"

유리 파편이 그의 허리춤을 뚫고 나와 내장이 쏟아지기 직전으로 몰린 것이다.

그는 이를 악물었다.

"…빌어먹을! 재수가 없으려니 별 지랄 같은 것이 속을 썩이는군!"

당영성은 윗도리의 소매를 뜯어 상처를 대충 동여맨 후 계속해서 보법을 밟았다.

뚜두둑!

"으으윽!"

엄청난 고통이 밀려왔으나 저 안에서 폭발에 죽어가는 것보다는 나을 것이라고 생각했다.

하지만 그것은 그의 크나큰 착각에 불과했다.

부웅!

퍽!

"커허억!"

그의 옆구리에 기다란 창이 날아와 몸통을 통째로 관통해 버렸다.

당영성은 스스로 죽어가고 있음을 깨달았지만 그 사실을 차마 인정할 수가 없었다.

"이런 빌어먹을! 이게 도대체 무슨 말도 안 되는 일이란 말인가?!"

살기 위해서 안간힘을 쓰던 그에게 다시 한 번 창이 날아들었다.

퍼억!

"…끄으으윽!"

결국 당영성은 그 자리에서 즉사해 버렸고, 두 명의 여인이 미끄러지듯 그에게 다가와 창을 뽑아 들었다.

얼굴을 검은 천으로 가린 두 여인의 눈동자는 아주 특이한 색을 띠고 있었다.

한 사람은 보라색, 한 사람은 붉은색 눈동자를 가지고 있어 복면을 벗더라도 충분히 그 정체를 파악할 수 있을 것 같았다.

그녀들은 당영성의 몸에서 뽑아낸 창을 손에 쥐었다.

채앵!

창은 언제 그랬냐는 듯이 아주 작은 볼펜의 형태로 변하여 그녀들의 주머니로 들어갔다.

"당가는 다 좋은데 성정이 약삭빠르고 사악한 것이 문제야."

"미친놈들이지. 그 많은 돈을 투자해서 일을 벌였으면 끝까지 책임을 져야지 약삭빠르게 도망을 칠 건 또 뭐야?"

그녀들은 당영성의 시신에 검은색 시약을 뿌렸다.

치이이이익!

그의 시신은 서서히 부패하기 시작하였고, 아마 내일쯤이면 그 형체조차 알아볼 수 없게 될 것이다.

두 여자가 당영성의 흔적을 지우고 있을 때 저 멀리서 엄청난 기세의 권풍이 날아왔다.

쐐에에에에엥!

"……!"

그녀들은 황급히 권풍을 막아내긴 했지만 그 충격으로 저만치 나가떨어져 버렸다.

콰앙!

"크으윽!"

"…엄청난 무위다. 저런 괴물이 도대체 어디서 튀어나온 거지?"

"일단 도망치는 것이 좋겠어. 이러다간 우리 둘마저 죽겠다."

"그래, 가자."

그녀들은 자리에서 튕겨지듯 일어나 재빨리 살해 현장을
빠져나갔다.

*   *   *

이 세상에는 시신을 숨기는 방법이 여러 가지가 있지만 사
람을 빠르게 부패시켜 없애는 것은 흔한 일이 아니었다.

태하는 불과 사망 10분 만에 백골이 되어버린 당영성을 자
세히 관찰하였다.

갈비뼈와 늑골이 부러진 것으로 보아 태하가 친 장에 맞아
서 사망한 것이 아니라 누군가의 일격에 관통상을 입어 죽은
것으로 보였다.

그는 범인들을 잡기 위해 일장을 뻗었지만 이미 그 주모자
들은 사라지고 없었다.

"흐음, 도대체 누가 이런 말도 안 되는 물건을 사용하는 것
일까?"

태하가 고민에 빠져 있을 무렵, 저 멀리서 적의가 없는 시선
이 느껴졌다.

아무래도 태하가 이곳을 초토화시킨 것을 알고 누군가가

찾아온 것이 아닌가 싶었다.

'적의는 없지만 이렇게 대놓고 훔쳐보는 것은 그리 좋은 일이 아닌데.'

그는 신룡빌딩 근처에 있는 허름한 3층 상가에 권풍을 밀어 넣었다.

퍼엉!

내공을 많지 싣지는 않았지만 일정 이상의 구력을 갖지 않았다면 일격에 쓰러져 비명을 지르고 말 것이다.

만약 그게 아니라면 공력을 피하여 모습을 드러낼 것이 분명했다.

콰앙!

태하의 예상대로 건물에 있던 한 사람이 허공답보로 공력을 피해내며 모습을 드러냈다.

파바밧!

그녀는 태하의 앞으로 다가와 얼굴을 드러냈다.

"…엄청난 내공이군요."

"뭡니까? 왜 남이 하는 일을 훔쳐보고 있는 겁니까?"

"죄송합니다. 훔쳐볼 생각은 아니었습니다만……."

제아무리 성격이 좋은 사람이라고 해도 피가 난무하는 싸움을 남에게 보여주고 기분이 좋을 사람은 없을 것이다.

대뜸 까칠하게 쏘아붙이고 본 태하에게 그녀가 고개를 숙였다.

"방해가 되었다거나 기분이 언짢다면 사과드리겠습니다."

"뭐, 그럴 필요까지야……."

그녀에게 사과를 받은 태하는 정체에 대해 물었다.

"어디서 오셨기에 내가 하는 일에 그리 관심이 많으신 겁니까?"

"저는 김예린이라고 합니다. 개방에서 무공을 배웠고 지금은 서울분타에서 생활하고 있지요."

순간, 태하의 눈이 동그래졌다.

"개방?!"

"괜찮으시다면 저에게 시간을 좀 내주실 수 있겠습니까? 드릴 말씀이 있습니다."

"알겠습니다. 이곳을 마저 정리한 후에 다시 만나도록 하죠."

그녀는 태하에게 약도를 한 장 건넸다.

"울산분타주께서 계신 곳입니다. 이곳으로 오시면 됩니다."

"알겠습니다."

이윽고 그녀는 다시 돌아갔고, 태하는 약도를 챙겨 빌딩으로 다시 돌아갔다.

제4장
개방

명화방의 합동장례식장.

화산그룹과 AM그룹, 무당그룹의 중역들이 나란히 앉아 명화방 7 대 장로들을 맞상대하고 있다.

"…그러니까 선배님의 말씀은 우리 무당파가 장지원 본부장을 죽이려 했다는 말입니까?"

"무당의 전승비기에 맞아 숨이 넘어갈 뻔했는데, 그럼 이것을 어떻게 설명할 건가? 설마하니 그룹의 수뇌부들이 전승비기를 사외로 빼돌린 것은 아니겠지?"

"말도 안 되는 일입니다. 우리 무당파의 전승비기는 극소수의 인원밖에 모릅니다. 더군다나 그것을 빼돌렸다가 발각되는 날에는 죽음을 면치 못할 텐데, 누가 그런 위험을 감수하겠습니까?"

"홍, 누군가 위험을 감수한 모양이지. 그렇지 않고서야 어떻게 이런 일이 벌어질 수 있나? 호랑말코 같으니, 감히 우리 문하를 죽이려 들어?!"

"…아까부터 저희들을 범인으로 단정 지어 말씀하시는데, 넘겨짚기도 이 정도면 병적인 수준입니다."

"뭐라?!"

자리를 박차고 일어난 케니치가 검을 뽑아 들었다.

챙!

"이놈, 내 오늘 네 버릇을 아주 단단히 고쳐주겠다!"

"가르침을 주신다면 마다하지 않겠습니다. 다만, 후배가 선배를 꺾었다고 푸념이나 하지 마시지요."

"…놈, 그 입을 틀어막아 주마!"

무당그룹의 총괄이사이자 차기 회장인 장태춘은 지금까지 쌓아둔 명화방에 대한 적개심을 유감없이 드러냈다.

장태춘은 케니치의 건곤일식에 대응하기 위하여 태청검법을 출수하기로 마음먹었다.

척!

곧추세운 두 개의 손가락과 그것을 따라 검을 겨눈 장태춘의 눈빛에 예사롭지 않은 이기가 서렸다.

케니치는 군이 그와 검을 섞지 않고도 장태춘의 경지에 대해 알 수 있었다.

'태극혜검을 연성했다고 하기에 짐작은 하고 있었지만, 괜히 후기지수가 된 것은 아니었군.'

긴장을 했다기보다 장태춘이 50세의 비교적 이른 나이에 상당한 경지에 올랐다는 것에 진심으로 놀라고 있는 케니치였다.

그가 생각하기에 이 정도 실력이라면 부고한 김명화와 겨뤄도 손색이 없었다.

하지만 어디까지나 장태춘은 케니치에게 가르침을 받을 제자뻘에 지나지 않았다.

"건곤일식으로 내공을 다져주마!"

스스스스스!

진홍빛 검강이 케니치의 검 끝에 꽃처럼 피어나 사방에 진한 박하 향을 풍기기 시작했다.

순간, 장태춘은 화들짝 놀랐다.

'소문으로 건너 듣기는 했지만 과연 성취가 대단하구나!'

두 사람 사이를 팽팽하게 이어주던 긴장감의 끈은 케니치의 일검에 의하여 깨져 버렸다.

챙!

대자연의 섭리를 닮은 건곤일식의 내공이 장태춘의 앞에서 그 빛을 발했다.

"건곤일식, 답립호일!"

해일처럼 크고 장대하게 일어난 진홍빛 검강이 폭풍처럼 장태춘을 몰아붙이기 시작한다.

챙챙챙!

장태춘은 일단 한발 뒤로 물러서면서 150개의 변초를 어떻게 막아낼지 고민했다.

'저것을 모두 다 막아낼 수는 없다. 어차피 이렇게 된 거, 시간이라도 벌어보자.'

케니치의 검이 150개로 쪼개져 장태춘의 눈앞을 마구 어지럽히자 그는 오히려 날카롭게 심장을 노리며 검을 찔렀다.

팽!

오로지 한 곳만 바라보며 찔러낸 검은 케니치를 일 보 후퇴하게 만들었다.

"…놈, 제법이구나!"

까앙!

검을 옆으로 쳐낸 케니치는 그다음 수로 아주 짧게 검을 휘둘렀다.

"혈풍삭!"

짧게 휘두른 검이었지만 그 검에는 80년 내공이 그대로 묻어 있었다.

장태춘은 미처 그 검을 다 막아내지 못하고 신형을 뒤로 꺾어 충격을 받아냈다.

콰앙!

"크으윽!"

"이놈아, 선배에게 개길 때엔 죽을 각오를 하고 덤벼라! 알겠느냐?!"

"…아직 안 끝났습니다!"

불과 두 수 만에 승부가 갈렸다고 생각하는 찰나, 장태춘이 몸을 팽이처럼 돌려 검의 꽃을 만들어냈다.

"천검태하!"

챙챙챙챙!

아주 빠르게 돌아가는 장태춘의 검에 내공이 회전력을 더해주니 케니치가 수세에 몰렸다.

케니치는 설마하니 이렇게 기괴한 검이 있으리라곤 생각지도 못했다.

'…아무리 이 몸이라도 전승비기를 모두 다 꿰뚫고 있을 수는 없지. 그동안 말코들의 검이 꽤 많이 발전했구나.'

몬스터와의 싸움을 통하여 구축된 초인 집단이기에 무공은 실전을 통하여 빠르게 발전되었다.

지금도 각 문파는 피해를 최소화하고 몬스터를 제압하는

데 중점을 둔 생존과 일격필살의 검을 계속하여 개발하는 중이다.

지금 장태춘이 발군의 위기관리 능력을 보여준 것도 모두 다 그러한 맥락에서 비롯된 것이다.

케니치는 인간의 역사는 전쟁의 역사라는 말이 괜히 나온 것이 아니라는 것을 새삼 느꼈다.

"으하하! 이놈들, 사이비 검이라도 그 성취가 아주 형편없지는 않구나!"

"아직 멀었습니다. 검을 뻗으시지요."

"물론이다! 이번에는 모가지를 베어주마!"

두 사람이 다시 격돌하려는 바로 그때, 장례식장의 문이 열렸다.

끼이익!

문을 열고 들어선 사람은 다름 아닌 장지원이었다.

"…사숙, 그만하시지요."

"지원이?!"

그녀는 창백한 얼굴이지만 몸을 운신하는 데엔 큰 지장이 없어 보였다.

검을 겨누고 있던 두 사람은 어쩔 수 없이 떨어질 수밖에 없었다.

"험험, 많이 다쳤다고 들었는데 이제 괜찮은 것이냐?"

"죽을 뻔했지만 다행히도 목숨은 건졌습니다."

싸움의 원인이던 그녀가 나타났으니 이제 판은 새로운 국면으로 접어들게 되었다.

"일단 검을 접고 제 말씀부터 들어주시지요. 제가 모든 것을 말씀드리겠습니다."

"쳇, 하는 수 없지. 일단 네 말을 들어보고 이 말코도사를 처치할지 말지 궁리해 보도록 하자."

"감사합니다, 사숙."

이로써 칼바람이 불던 장례식장이 점점 안정을 되찾아가는 것 같았다.

*   *   *

울산의 뒷골목 여관에 태하의 모습이 보인다.

똑똑.

"계십니까?"

"방 필요한가?"

"아니요. 누굴 좀 만나러 왔는데요."

'잠자리 여관'이라 쓰인 이곳을 찾아온 태하에게 노파가 물었다.

"다 쓰러져 가는 곳에서 무슨 사람을 만난다고 그러는가?"

"이런 쪽지를 받았습니다."

쪽지에는 여관의 위치가 담긴 약도가 그려져 있고 그 뒤편에는 흘려 쓰듯 무심하게 내리갈긴 서명이 자리 잡고 있다.

그제야 노파는 태하에게 열쇠를 하나 건넸다.

"201호로 가보게."

"고맙습니다."

여관 맨 구석에 자리 잡고 있는 201호의 문을 열고 들어서니 김예린과 한 중년인이 함께 있다.

태하는 그에게 꾸벅 고개를 숙였다.

"안녕하십니까? 김태하라고 합니다."

"자네가 태하 군인가? 반갑네. 나는 개방의 울산분타주인 최성이라고 하네."

울산은 현재 대한민국의 가장 큰 공업 도시이지만 무려 10개가 넘는 던전이 자리 잡고 있어서 언제 폭발할지 모르는 시한폭탄과 같은 곳이기도 했다.

개방이 한반도에 세운 분타는 총 네 개인데, 그중에서도 규모가 가장 큰 곳이 바로 울산분타였다.

지금은 울산에서 철수하여 사성회와 화랑회에게 던전을 내어주게 된 개방이지만 한때는 이곳에서 가장 번성한 무인 세력 중 하나였다.

최성은 특이하게도 창을 주력으로 쓰는 개방의 수뇌부로서 그 무력은 당시 방주이던 홍치일과 겨뤄도 손색이 없을 정도이다.

개방이 쇠퇴의 길을 걷게 됨에 따라서 그는 지금 도망자 신세로 전락하고 말았다.

최성은 노숙자들이나 입는 누더기를 걸치고 있었는데, 그럼에도 불구하고 그 눈빛은 여전히 살아 있었다.

"얘기는 들었네. 자네가 김명화 총괄이사의 아들이라고?"

"예, 그렇습니다."

"우선 삼가 고인의 명복을 빌겠네. 그는 아주 좋은 사람이었어. 사업 수완도 좋고 무공도 고강하고 말이야."

"아버지에 대해서 잘 아십니까?"

"잘 알고말고. 우리 개방이 사업 부문에서 휘청거릴 때마다 손을 내밀어주던 은인인데 내가 어찌 그를 모르겠나?"

"그렇군요."

개방이 지금 이처럼 사분오열된 것은 사업적인 수완이 너무나도 부족했기 때문이다.

사업이란 비단 자금력과 명성만으로 유지되는 것이 아니기에 로비와 인맥 관리에도 심혈을 기울여야 한다.

제아무리 역량 있는 회사라고 해도 독불장군 식으로 사업을 추진해서는 결코 오래갈 수가 없는 법이니 각 회사들이 제휴와 파트너십을 채결하는 것도 바로 그런 이유에서이다.

개방은 사업을 하나로 묶어주는 그룹 자체가 없었기 때문에 사업장이 중구난방이었다. 더군다나 주변의 그룹을 모두 무시하고 독단적으로 행동했기에 같은 편도 남아 있지 않았다.

만약 개방이 지주기업을 세워 그를 중심으로 빠르게 세력을 응집시키고 그나마 우호적인 집단인 명화방과 사성회와 제휴하여 존립을 꾀했다면 지금의 상황엔 이르지 않았을지도 모른다.

그는 김명화에 대해서 회상하였다.

"개방의 이름으로 그룹을 세우고 흩어져 있는 분타들을 기업으로 일구어 그룹에 귀속시켜야 한다고 매번 말해주었지. 만약 그때 우리가 김명화 총괄이사의 말을 들었다면 최소한 사람이 죽는 일은 없었을 거야."

"하지만 개방이 이렇게 된 데엔 정치적인 이유가 다분했다고 들었습니다만?"

"그래, 내가 자네를 아주 조용히 부른 이유도 모두 그 때문일세."

최성은 지금으로부터 20년 전에 일어난 일에 대해 털어놓기 시작했다.

"자네, 무인 집단이 코어를 만들면 그것이 어떻게 가공되어 판매되는지 알고 있나?"

"국가와 연계된 기업 집단이 그것을 가공하여 판매한다고 들었습니다."

"맞아. 우리가 석유를 퍼내어 썼을 당시 기름을 퍼 올린 사람들이 그것을 외국에 내다 팔면 정유 회사가 기름을 정유해서 시장에 보급했지. 코어도 별반 다를 것이 없어. 우리 무인들이 코어를 적출해서 정제 회사에 내다 팔면 그들이 코어를 고체화시켜서 에너지원으로 팔아먹는 것이지."

"그렇지요."

지금까지는 누구나 다 아는 상식선의 얘기였지만 최성은 그 뒷이야기를 태하에게 꺼내놓았다.

"한데 이 정제 회사는 대부분 대기업이 소유하고 있는데 그렇지 않은 경우도 있어. 사실 코어를 에너지원으로 만들어 쓰기 위해선 몇 가지 기술만 있으면 되네. 만약 기술력만 가지고 있다면 정제 장치를 만들어 개인이 사용해도 된다는 뜻이지."

"으음, 그렇군요."

"우리가 코어 시장에 뛰어들면서 중소기업도 잘만 하면 에너지를 생산할 수 있게 되었어. 개방이 싼값에 원자재를 공급하니 당연히 그럴 수밖에. 하지만 대기업의 입장에선 어떻겠나? 중소기업에서 낮은 단가로 에너지를 공급하면 에너지값이 떨어지게 될 테니 당연히 고까울 수밖에."

"그래서 그들이 국가에 로비를 해서 개방을 몰아내게 된 것이군요."

"절반은 맞는다고 볼 수 있어. 하지만 그것은 대외적인 배경에 불과하고 그 뒤엔 또 다른 흑막이 존재한다네."

"흑막이요?"

"자네 혹시 청야성이라는 이름을 들어본 적 있나?"

태하는 고개를 저었다.

"아니요. 그런 이름은 들어본 적이 없습니다."

"그래, 그렇겠지. 청야성은 대외적으론 그 이름이 전혀 알려져 있지 않으니까. 하지만 그들의 손에 의해 정제 회사들이 좌지우지된다네. 또한 코어에 관련된 사업들이 간접적으로 모두 그들의 손아귀에 있다고 해도 과언이 아니고."

"그렇다면 그 영향력이 지하 세계에까지 미칠 수도 있겠군요."

태하의 추리에 최성이 무릎을 쳤다.

"그래, 바로 그거야. 청야성은 코어 산업의 모든 것을 틀어쥐고 있기 때문에 어지간한 국가보다 훨씬 더 강력한 세력을 형성하였어. 지금의 에너지 시장은 그들에 의해 좌지우지된다고 해도 과언이 아닐세."

"그런 흑막이 존재할 줄이야……."

"청야성이 코어 정제 협회를 이끄는 흑막이고 곧 그들이 정제 협회라고 봐도 무방해. 그러니까 대외적으론 정제 협회가 무인들과 국가를 부추겨서 개방을 몰아낸 것이지만 결국엔 청야성이 자신들의 이득을 위하여 개방을 무너뜨린 셈이지."

"그렇게 막대한 세력이 존재하다니……."

"애초에 몬스터가 등장하게 된 배경에는 청야성이 있다는 소문도 있긴 하지만 아직까지 확인된 바는 없어. 아무튼 간에 지금 일어나고 있는 이 모든 일이 청야성과 관련이 있어. 당문은 그 하수인에 지나지 않지."

"흐음……."

최성은 자신이 태하를 찾은 이유를 설명하였다.

"자네의 아버지 김명화 검객은 개방방주 홍치일 옹에게서 받은 타구봉이 어디로 갔는지 아는 유일한 사람이었네. 그는 서울분타주와 함께 나를 만나려다가 봉변을 당했어. 화랑회주 역시 그랬고."

"화랑회주요?"

"김명화 검객이 청야성의 끄나풀에게 죽임을 당한 당시 화랑회주 역시 함께 봉변을 당했네. 아마 자네가 일하는 병원에 응급 환자로 들어와 간신히 목숨을 구했다고 하지?"

"그런 일이……."

"아무튼 타구봉의 위치에 대한 단서를 김명화 검객이 어딘가에 남겼고, 화랑회주는 그것이 무엇인지 알고 있네. 그러니 자네가 화랑회주를 만나서 타구봉의 행방에 대해서 수소문해

주었으면 하네."

태하는 아버지가 하던 일을 자신이 받는 것은 당연한 일이라고 생각했다.

"좋습니다. 제가 화랑회주님을 만나보겠습니다."

"고맙네. 어찌 보면 남의 집안 일이라 끼어들기가 쉽지 않았을 텐데 말이야."

"아닙니다. 아버지가 하시던 일인데 아들인 제가 당연히 마무리를 지어야지요."

"그래, 아들은 아버지의 뒤를 잇는 데 주저함이 없어야지. 그게 아버지를 존경하는 의미이니까."

"맞습니다."

최성은 태하에게 아버지와 어머니의 복수를 하는 길에 대해 일러주었다.

"자네가 이 일을 마무리하던 못 하던 간에 부모님의 복수는 해야 한다고 생각하네. 그렇지 않나?"

"…물론입니다."

"그렇다면 당문을 먼저 찾아내게. 그들이 단독으로 김명화 검객을 죽인 것은 아니지만 그 조력자들이 지금도 그곳을 드나들고 있을 걸세. 만약 당문의 본거지를 찾을 수 있다면 청야성의 끄나풀들을 제거하고 어지럽혀진 지하 세계의 질서를 다시 잡을 수 있겠지."

"하지만 기껏 찾아온 당영성이 모종의 세력에게 죽어버려서 단서를 잡을 길이 없습니다."

"그건 걱정하지 말게. 나에게 적당한 미끼가 있으니."

"미끼요?"

그는 태하에게 사진을 한 장 건넸다.

사진 속에는 화산파의 레이 라이언과 당영성이 접선하는 장면이 포착되어 있었다.

"보았나?"

"화산파?"

"그래, 내 생각엔 아마도 레이 라이언이 당영성과 손을 잡고 일을 꾸민 것이 아닌가 싶어. 물론 이놈 말고도 꽤 많은 조력자가 있겠지. 이들이 모두 자네의 원수일세. 만약 복수를 제대로 하겠다면 이놈들을 다 죽여야 할 거야."

태하는 고개를 끄덕였다.

"물론입니다. 이놈들 하나하나를 전부 다 잡아서 피죽을 쑤어 먹을 겁니다."

"하지만 쉽지만은 않을 거야."

"각오는 되어 있습니다."

"아무튼 레이 라이언이 이 일에 끼어들었지만 당영성이 죽어버렸으니 당문의 입장에선 화산파의 끄나풀이 누구인지 모르고 있을 확률이 높아. 비밀스러운 작전을 짜는 데 입을 많이 거치면 일이 힘들어지거든."

"그렇다면 최소한 당문의 수뇌부 말고는 레이 라이언을 모르고 있겠군요."

"그저 화산파에 끄나풀이 있다는 정도만 알고 있겠지."

"으음."

그는 태하에게 화산파의 제자들이 배우는 무공 서적을 건넸다.

"매화검법일세."

"이것을 어떻게……."

"이것은 기본 서적이야. 구하는 데 그리 어렵지는 않아. 하지만 제대로만 펼친다면 분명 깜빡 속아서 넘어올 걸세. 자네는 이것을 익혀서 당문의 자금줄을 족치고 다니게."

최성은 이어 허름한 노트 한 권을 건넸다.

"내가 나름대로 당문에 대해서 조사한 것일세. 한 5년쯤 파고든 것 같아."

"이런 귀한 것을 저에게 주셔도 괜찮겠습니까?"

"복수를 위한 일일세. 아까울 것이 뭐가 있겠나? 그리고 이것은 정당한 자에게 돌아가는 거야. 순리대로 일이 풀리고 있다는 뜻이지."

그는 태하에게 큰 기대를 걸고 있다는 것을 내비쳤다.

"나는 자네가 뭔가 큰 변화를 가지고 올 것이라고 믿어 의

심치 않네."

"반드시 그렇게 만들겠습니다."

태하는 드디어 첫 번째 살생부를 손에 넣게 되었다.

＊　　　＊　　　＊

드마르타의 마을 회관 안.

마을 이장 루시아나를 찾아온 화산그룹의 총괄이사 진명수
가 우두커니 서서 그녀를 기다리고 있다.

그는 돔 형식의 마을 회관 안을 살피며 감탄을 금치 못했
다.

"사두룡의 코어가 마을 하나를 부자 동네로 만들어 버렸군
그래."

"그러게 말입니다. 도대체 산타클로스도 아니고 어째서 그
렇게 엄청난 물건을 훌쩍 주고 떠나 버린 것인지 이해가 가지
않는군요."

진명수는 사두룡을 잡은 의문의 사내가 드마르타를 부유
한 시골 마을로 바꾸어놓고 유유히 사라졌다는 소식을 들었
다.

또한 사두룡이 죽고 난 후에는 던전이 정리되면서 마을의
논밭이 비옥해져 농작물의 수확이 20배 가까이 올랐다는 소

식도 접하였다.

그야말로 의문의 사내는 드마르타 마을의 영웅이자 메시아 같은 존재라고 볼 수 있었다.

그는 드마르타 마을의 메시아를 꼭 만나보고 싶어졌다.

잠시 후, 밭일을 마치고 돌아온 루시아나가 마을 회관 안으로 들어왔다.

"무슨 일이시죠?"

"당신이 촌장이십니까?"

"네, 그런데요."

"저는 화산그룹의 총괄이사 진명수라고 합니다. 지금은 던전 키퍼들을 총괄하고 그룹의 살림을 도맡아서 하고 있지요."

"그런 대단하신 분이 무슨 일로 이곳까지 찾아오신 건가요? 바쁘실 텐데 말이죠."

"사람이 가끔은 커뮤니케이션도 하고 살아야 하지 않겠습니까? 항상 걱정이던 드마르타 마을이 번성했다는 소식을 듣고 축하를 전해드릴 겸 해서 찾아왔습니다."

루시아나는 어처구니가 없다는 듯이 웃었다.

"허, 그걸 지금 말이라고 하시나요? 우리 마을이 몬스터의 습격을 받을 때는 콧방귀도 안 뀌더니 이제 와서 커뮤니케이션이요? 무슨 콩고물이 떨어진다고 이곳까지 찾아오셨나요?"

"…그런 것 아닙니다. 하하, 촌장님께서 너무 날을 세우고 계시군요."

진명수는 지금까지 드마르타를 몬스터들이 드나드는 개구멍 쯤으로 생각해 왔기 때문에 단 한 번도 신경 쓴 적이 없었다.

자신의 그러한 행적을 너무나도 잘 알고 있기에 그녀가 쉽 사리 입을 열 것이라곤 생각하지 않았다.

'막상 얼굴을 보고 나니 젠틀하게 나가고 싶은 마음이 싹 달아나는군.'

인상이 와락 구겨진 그에게로 또 한 사람이 찾아왔다.

"이장님, 저희들 왔습니다."

"중대장님?"

드마르타 지역을 방위하는 대피중대장 앙헬 대위가 마을 회관 안으로 들어섰다.

그는 화산그룹에서 나온 사람들을 바라보며 고까운 시선 을 보냈다.

"…총괄이사님이 아니십니까?"

"반갑습니다. 오랜만이지요?"

"그러게 말입니다. 몬스터가 창궐했을 때엔 그렇게 사정해 도 들은 척도 안 하시더니 어쩐 일이신가요?"

앙헬 역시 자신들의 이득만 챙기는 화산그룹이 괘씸하기는 마찬가지이니 말이 곱게 나올 리가 없었다.

그러나 여기서 물러날 진명수가 아니었다.

"하하, 이렇게들 저를 미워하시니 무슨 말을 꺼내기가 힘들 군요."

"당신 같으면 안 밉겠습니까?"

"뭐, 생각의 차이지요. 누구는 저를 미워할 수도 있고 누구는 저를 사랑할 수도 있는 것 아니겠습니까?"

"저희들은 죽어도 후자는 될 수 없을 것 같은데요."

"으음, 그래요. 당장은 그렇겠지요. 하지만……."

진명수는 앙헬에게 전략지도 한 장을 꺼내어 내밀었다.

"조만간 우리를 사랑할 수도 있을 겁니다."

"……?"

앙헬은 그가 건넨 지도를 찬찬히 바라보더니 이내 질색하여 소리쳤다.

쾅!

"이런 씨발! 지금 뭐하자는 겁니까?! 몬스터의 퇴로를 사람도 안 사는 산맥에서 차단하다니요! 그럼 이곳에 있는 사람들은 다 죽으라는 겁니까?!"

"그저 계획일 뿐입니다. 아르헨티나 정부에서도 비준을 하긴 했습니다만, 우리도 그렇게까진 하고 싶지 않거든요."

사두룡이 죽은 후 아르헨티나 북부 던전의 상황은 예상외로 급변하기 시작했다.

거대한 세력을 구축하고 있던 사두룡이 부재함에 따라 지금껏 몸을 웅크리고 있던 몬스터들이 다시 고개를 들기 시작한 것이다.

물론 사두룡의 세력권이 강성할 때보다는 몬스터들의 위험도가 덜했지만 그 숫자가 족히 10배는 더 늘어나 버렸다.

때문에 무인 집단이 지켜야 할 구멍은 더 많아졌고, 그것들을 전부 다 커버하기가 불가능해졌다.

해서 무인 집단들은 던전의 구조를 감안하여 몬스터들의 퇴로와 뒷구멍 몇 개를 차단하여 대량 피해를 줄여 나갈 계획을 세웠다.

하지만 현재 드마르타를 감싸고 있는 산맥의 양쪽 구멍을 막아버리면 결국 몬스터들은 드마르타를 탈출구로 사용할 수밖에 없게 된다.

만약 이 계획이 실행된다면 드마르타는 더 이상 사람이 살수 없는 마을이 될 것이다.

진명수는 슬그머니 미소를 지으며 말했다.

"당신들이 우리에게 협조적으로 나와 준다면 우리도 당신들에게 협조적으로 나갈 겁니다. 상부상조, 다들 잘 아시지 않습니까?"

"…원하는 것을 말씀해 보십시오."

"하하, 별것 없습니다. 내가 찾는 사람을 함께 찾아주시기만 하면 됩니다. 어려울 것 없어요."

"사람을요?"

"이 마을의 메시아 말입니다. 사두룡을 잡은 그 사내를 만나고 싶습니다. 우리가 원하는 것은 그것 하나뿐입니다."

루시아나와 앙헬은 고개를 가로저었다.

"하지만 그의 이름도 성도 모르는데 우리가 무슨 수로 협조를 한단 말입니까?"

"마을에 이렇게 많은 재산을 기부했는데 이름도 모른다는 것이 말이 됩니까?"

"그렇지만 사실인 것을 어쩝니까? 저희들이 아는 것이라곤 그분의 은사님이 선명이라는 존함을 쓴다는 것밖에는 없습니다."

"선명? 무슨 법호입니까?"

"그건 저희들도 모르지요."

"뭐, 좋습니다. 그렇다면 우리는 계획대로 움직일 수밖에 없겠군요."

앙헬이 화들짝 놀라서 소리쳤다.

"그게 무슨 말도 안 되는 소리입니까?! 우리는 아는 것이 없다니까요?!"

"알아요. 그래도 상황이 상황이니만큼 어쩔 수 없네요."

"……."

이들이 피운 소란에 사람들이 하나둘 몰려들었다. 그리고 그중에서 한 남자가 결국 입을 열었다.

"내가 들으니 사두룡의 심장을 옥션에 올려준 남자에게 자잘한 코어를 판매해 달라고 함께 부탁했다던데, 그 판매 금액이 입금된 계좌를 추적하면 될 것 아닙니까?"

"…리마리오!"

진명수가 호탕하게 웃었다.

"하하하! 그런 방법이? 좋습니다. 단서를 하나 제공해 주었으니 예정대로 일을 진행시키지는 않겠습니다. 하지만 만약 일이 잘못 풀린다면 이 마을은 절대로 살아남을 수 없을 겁니다. 아시겠죠?"

"…지독한 사람 같으니!"

"후후, 저도 사람입니다. 먹고는 살아야죠. 그냥 그렇게 생각해 주십시오."

진명수는 앙헬의 지인인 디에고를 찾아서 떠났고, 루시아나는 울상이 되어버렸다.

'약속을 지키지 못했네요. 죄송합니다.'

이 모든 것이 루시아나의 잘못은 아니었지만 아마도 그녀의 마음은 죽을 때까지 편치 않을 것이다.

제5장
복수극의 시작

늦은 밤, 이제는 인적이 드물어진 한강으로 태하와 그 일행이 걸음을 옮겼다.

뚜벅뚜벅.

한때는 대한민국의 젖줄이라 여겨지던 한강이지만 밤섬 인근을 중심으로 생겨난 거대한 던전 때문에 민간인은 접근조차 할 수 없게 되었다.

한강을 지나는 지하철과 교각엔 모두 강철과 티타늄으로 만든 외벽을 세웠고, 그 모습은 가히 요새라 할 만했다.

태하는 강철 외벽이 세워진 원효대교 아래에서 화랑회주 현영태를 기다리고 있었다.

그런데 오늘은 태하와 동행한 사람이 청림 한 사람뿐이다.

"그녀는 안전할까요?"

"쉽지 않은 일이지. 하지만 그 역시 그녀가 가야 할 길이니 어쩔 수 없지."

위시현은 명화그룹의 본사로 다시 돌아가 감사총괄부장 조정수에게 사정을 설명하고 내사과로 재배치 받았다.

이제 그녀는 명화방의 내통자를 잡아내기 위해 목숨을 걸고 조사에 임할 것이다.

"신이 허락하신다면 다시 만날 것이고 그렇지 않다면……."

"인연은 질깁니다. 다시 만나겠지요."

두 사람이 위시현 얘기를 잠시 꺼내놓고 있을 무렵 현영태가 모습을 드러냈다.

그는 붉은색 털을 가진 개 한 마리와 까만색 털을 가진 개 한 마리를 데리고 나타났다.

개들은 목줄이 없이도 주인의 곁에서 한시도 떨어지지 않고 조용히 지정된 자리를 지키고 있다.

"생명의 은인을 이곳에서 만나는군요."

"그때 그 응급 환자가 바로 화랑회주님이셨군요."

태하가 실종되기 직전에 마지막으로 수술한 VIP 환자가 바로 화랑회주 현영태였다는 사실을 알게 된 태하이다.

그는 태하에게 정중히 고개를 숙였다.

"저번엔 미처 감사의 말씀을 전할 틈이 없었습니다. 감사합니다."

"아닙니다. 의사가 사람을 살리는 데 감사라니요. 당치도 않습니다."

"뛰어난 의술만큼이나 빼어난 인성을 가지고 계시군요."

"과찬이십니다."

현영태는 태하에게 최성과의 만남에 대해 물었다.

"울산분타주와의 만남은 어떠셨습니까?"

"몰랐던 사실을 많이 알게 되었습니다. 제가 나가야 할 길에 대해서도 일러주셨고요."

"그래요, 불확실한 길을 또렷이 닦는 계기가 되었을 겁니다."

그는 태하에게 개방과 사성회에 대한 얘기를 해주었다.

"아마도 저를 찾아온 것은 타구봉의 행방에 대한 얘기 때문일 겁니다. 맞지요?"

"예, 그렇습니다."

현영태는 덤덤하게 얘기를 풀어냈다.

"부친이 작고했을 당시 20여 명의 고수가 동원되었습니다. 저 역시 그들의 칼에 맞아 목숨을 잃을 뻔했지요. 모친 역시 마찬가지입니다. 동일범의 소행이라고 보입니다. 적어도 제가 조사한 바에 의하면 그렇습니다."

"……."

"두 분은 의로운 분들이었습니다. 두 분이 타계하게 된 이유는 타구봉 하나 때문만은 아닙니다. 타구봉으로 개방의 세력을 다시 응집시키고 청야성을 무너뜨리려다 그리 되었지요. 하지만 사실상 각 무인 세력들의 수장들은 부부의 뜻에 동조하지 않았습니다."

"그렇다는 것은 현 명화방주나 사성회주와 같은 사람들이 진작 그 배후에 대해서 알고 있었다는 말입니까?"

"맞습니다. 그들은 청야성의 개입으로 인해 그들이 살해당했다는 사실쯤은 이미 알고 있었을 겁니다. 하지만 개인이 아닌 집단의 이익을 추구해야 하는 그룹의 회장으로서 묵과했을 뿐이지요."

"허, 허어!"

"지하 세계는 냉정합니다. 믿을 사람과 믿지 못할 사람을 가려내는 것은 참으로 힘든 일이지요."

그는 타구봉의 행방에 대해서 설명하였다.

"아무튼 부친께서 저에게 말씀해 주신 타구봉의 행방은 다소 난해했습니다. 그저 소중한 물건이라고만 하셨거든요."

"소중한 것……."

"자신에게서 가장 소중한 것에 타구봉이 있다고 했습니다.

더 이상의 얘기는 듣지 못했습니다. 그 뒷이야기를 듣기 위해 다시 만나려다가 서로 봉변을 당한 것이니까요."

"그렇군요."

"듣자 하니 부친의 유품이 경찰서에 있다고 하더군요. 때가 된다면 경찰서로 찾아가 보십시오. 그것들이 어디로 가지는 않았을 테니까요."

"알겠습니다."

그는 타구봉의 두 번째 단서에 대해서 설명하였다.

"타구봉의 행방은 모친께도 있었습니다. 모친 역시 타구봉의 행방에 대해 알고 있었거든요. 제가 볼 땐 두 분이 각기 따로 단서를 하나씩 보관했던 것이 아닌가 싶습니다. 타구봉은 개방을 일으킬 수 있는 유일한 방도이니 한 사람이 지니고 있기엔 무리가 있다고 판단했겠지요."

"어머니께서 회주께도 연락을 하셨습니까?"

"네, 그렇습니다. 저와 연락이 닿은 후 얼마 지나지 않아 모친께서 사망하셨을 겁니다."

"그렇군요."

"모친도 저에게 소중한 물건에 대해 언급했습니다. 그 이후엔 소식이 끊어졌지요."

"소중한 것이라… 다소 추상적이긴 하군요."

"선생님은 부모님에 대해서 가장 잘 아는 사람입니다. 그분들께서 중요하게 여기던 것이 과연 무엇인지 스스로 찾아낼 수 있을 겁니다."

그는 일단 태하에게 신분을 회복하는 것이 급선무라고 했다.

"일이 어찌 되었든 간에 신분을 회복하고 정식으로 장례를 치르십시오. 당신은 무인이 아니라고 알려져 있으니 차라리 신분을 대놓고 드러내는 것이 좋을 겁니다."

"알겠습니다."

부모님을 살해한 흑막을 밝혀내기 전까진 신분을 회복하지 않으려 하던 태하는 즉시 경찰서로 향하기로 했다.

현영태는 태하에게 핸드폰을 하나 건넸다.

"세탁을 깨끗하게 한 겁니다. 위치 추적이나 발신자 추적도 안 됩니다. 이것으로 저와 연락을 취하시면 됩니다."

"잘 알겠습니다."

"혹시라도 도움이 필요하시다면 주저하지 말고 말씀해 주십시오."

"감사합니다. 좋은 소식으로 연락드리겠습니다."

"그럽시다."

태하는 돌아서서 경찰서로 향했다.

*　　　　*　　　　*

아직 사망신고가 되지 않은 태하는 경찰서를 방문하여 실종자 신고를 철회하고 다시 신분을 회복하였다.

강남서의 경찰들은 태하에게 아버지 유품을 전달하였다.

"남은 것은 반지와 목걸이뿐입니다. 지갑이나 핸드폰 등은 사라지고 없더군요."

"고맙습니다."

증거품 보관소에 고이 잠들어 있던 아버지의 반지와 목걸이를 받은 태하는 자신이 천애 고아가 되었다는 것을 절감했다.

그는 녹색 반지를 바라보았다.

반지에는 에메랄드가 박혀 있었는데 그 안에는 김명화가 그린 장희원의 모습이 수놓아져 있었다.

걸걸하고 호전적이긴 했지만 꽤나 애처가이던 김명화는 하나부터 열까지 모든 것을 아내에게 걸었다.

아내의 일이라면 목숨도 저버릴 정도로 그녀를 사랑했던 것이다.

태하는 환갑이 다 되도록 애정 표현을 하고 서로 사랑을 나누던 부모님을 방해하기 싫어서 집을 나서기도 했다.

그 정도로 두 사람의 사랑은 애틋하고 열정적이었다.

심지어 아들보다 아내를 더 아끼던 김명화는 몸과 마음에 오롯이 그녀를 새기며 살아갔다.

순간, 태하는 아버지의 유품에서 단서를 찾아냈다.

"…소중한 것, 소중한 것이라… 그래, 아버지가 가장 소중히 여기는 것이 어머니밖에 더 있겠어?"

태하는 세상에서 가장 사랑하는 사람이 새겨진 이 반지야말로 아버지의 소중한 물건이 아니었을까 하는 생각이 들었다.

그는 어머니의 그림이 수놓아진 반지에 살며시 내력을 가해 보았다.

스스스스!

내공으로 직접 그림을 그려 아내의 모습을 수놓는 데 걸린 시간이 무려 10년이었으니 아마 반지는 내공에 단련되었을 것이다.

태하가 내보낸 내공에 반지가 공명하며 서서히 떨리기 시작했다.

끼이이잉!

그리고 잠시 후, 반지 아래에서부터 뭔가 작은 빛이 뿜어져 나오기 시작했다.

츠츠츠츠츠!

빛은 태하의 가족사진이 들어 있는 펜던트의 윗부분에 닿더니 서서히 길쭉한 형태로 바뀌었다.

순간, 태하는 화들짝 놀라서 그것을 바라보았다.

"이, 이건······?"

승천하는 용이 수놓아져 있는 옥색 봉, 이것은 바로 타구봉의 앞부분이었다.

태하의 아버지 김명화는 오랜 친구의 유품의 단서를 사랑하는 아내에게 맡겨두었던 것이다.

친구와 아내, 그는 이 세상에서 자신이 가장 사랑한 두 사람을 신체의 일부분이나 마찬가지인 반지에 넣어두고 살아온 것이다.

"아버지는 반지와 목걸이에 당신의 의지와 결의 자체를 숨겨두고 계셨던 것이군. 자신의 신체 일부분이 아니면 믿지 않는 성정이라니 참······."

태하는 아버지의 살아생전 성격이 그대로 담겨 있는 것 같아서 반지가 더욱 애틋하게 느껴졌다.

이제 그는 반쪽 남은 타구봉의 행방을 알아보기 위해 생가로 향했다.

*　　　　*　　　　*

한때는 사건 현장으로 관리되던 태하의 집이 이제는 깔끔한 모습을 되찾았다.

그는 어머니의 마지막 모습을 본 이곳이 어쩐지 낯설게 느껴졌다.

끼익.

현관문을 열고 집 안으로 들어서니 아직도 피비린내가 남아 있는 것 같았다.

"……."

말문이 막혀 버린 태하에게 청림이 말했다.

"괜찮아요?"

"아니."

"손 잡아줄게요."

청림이 태하의 손을 잡자 조금은 먹먹하던 가슴이 진정되는 것 같았다.

그는 평정심을 되찾고 집 안으로 들어섰다.

"구조가 변하거나 없어진 물건이 있는 것은 아닌 모양이네."

생전에 우표와 도기를 수집하는 취미가 있던 태하의 어머니는 직접 한복을 지어 입거나 아버지의 그림을 고스란히 수놓은 손수건을 만들어 보관하곤 했다.

그는 무려 100장이 넘는 자수 손수건을 꺼내었다.

손수건에는 태하의 어머니가 젊어서부터 죽기 직전까지의 모습이 고스란히 수놓아져 있었다.

그림에 꽤 소질이 있던 태하의 아버지는 어머니의 얼굴이 떠오를 때마다 틈틈이 그림을 그려 바쳤다.

그 모습들이 점점 시간이 지나 나이가 들면서 주름이 늘어 가는 모습으로 바뀌어 간 것이다.

"설마하니 이 손수건들이 한 사람의 일대기가 될 줄은 꿈에도 몰랐어."

"두 분은 서로의 그런 사랑이 죽어서도 길이 남을 것이라는 사실을 미리 알고 계셨던 겁니다. 선견지명이 있으신 거죠."

"그래, 맞아."

태하는 이제 2층에 있는 자신의 공간으로 향했다.

삐거덕, 삐거덕.

어려서부터 2층에 독립된 공간을 가지고 있던 태하는 계단이 고장 나거나 벽지에 곰팡이가 슬어도 스스로 고쳐 나가며 커왔다.

그가 20년이 넘도록 이 계단을 고치지 않은 것은 이 삐거덕 거리는 소리가 마음에 들었기 때문이다.

2층에는 방이 두 개이고 화장실이 하나 있는데, 하나는 옷장이고 하나는 태하가 사용하던 방이다. 하지만 이제는 두 개의 방 모두 창고로 변해 있어서 태하가 살아온 흔적은 찾아볼 수 없었다.

창고 안에는 부부의 취미인 스쿠버다이빙과 패러글라이딩, 서핑, 수영, 하이킹, 트레킹, 마라톤, 캠핑, 낚시, 등산, 암벽 등반 등에 이용하는 수많은 장비가 두 개씩 정리되어 있었다.

부부는 태하가 초등학교를 졸업하고 나서부터 본격적으로 취미 생활을 시작하여 이 정도까지 이르게 되었다.

무려 20년이 넘도록 해온 취미 생활이니 그 종류도 가지가지였다.

더군다나 두 사람 모두 무인으로서 활동적인 것을 좋아하여 집에 있는 경우는 그리 많지 않았다.

태하는 물건들을 하나하나 집어보며 살펴보았지만 이렇다 할 단서는 찾지 못했다.

그는 부부가 생활하던 침실로 내려갔다.

혹시나 결혼반지나 목걸이 등 몸에 지니고 다니던 물건에 단서가 있을까 싶었던 것이다.

부부의 침실은 금침 하나와 화장대, 그리고 장롱 하나가 덩그러니 놓여 있을 뿐이다.

밖으로 나와 있는 가구를 유난히도 싫어하던 두 사람이 성정 덕분에 침실을 둘러보는 데 3분도 채 걸리지 않았다.

그는 장롱 안에 있는 이불들을 뒤져보고 화장대 서랍을 뒤적거려 보았다.

덜컹!

화장대 서랍을 열어본 태하는 생전 처음 보는 물건들과 작은 상자 하나를 발견했다.

그는 희한하게 생긴 물건들의 이름을 읽어보곤 까무러치게 놀라고 말했다.

"스파이럴 디… 험험, 잘못 열었군."

"이게 뭐예요?"

"어른들이 쓰는……."

"……?"

"나중에 알려줄게. 지금 말하기가 좀 남세스럽군."

부부의 성스러운(?) 영역에 잘못 침범한 태하는 아버지와 어머니의 비밀이 담긴 사랑의 도구들을 다시 잘 정리해 두었다.

다만 옥으로 수놓아진 작은 상자는 가지고 나왔다.

상자는 욕정과 상관이 없는 외관이라서 이 안에 분명 뭔가가 있을 것이라고 생각한 것이다.

철컥!

정갈하게 생긴 옥합을 열어본 태하는 작은 일기장을 발견할 수 있었다.

교환일기

그는 조금 당황했다.

"…교환 일기를 쓰고 계셨어?"

"그게 뭔데요?"

"으음, 뭐랄까. 사랑하는 사람끼리, 혹은 친구끼리 하루에 한 번씩 번갈아가면서 일기를 쓰는 거야."

"오호, 신랄한 방법인데요?"

"부부의 금실이 좋은 데엔 이유가 있었어. 뜨겁게 열애하던 그 시절을 환갑이 넘어서까지 유지하고 있었으니 금실이 좋을 수밖에."

그는 어쩐지 죄를 짓는 것만 같았지만 두 사람의 비밀스러운 일기장을 살펴보았다.

일기는 두 부부가 서로에게 하루에 한 장씩 편지를 쓰는 형식이었다.

소소한 생활에 대한 얘기라던가 서로 떨어져 있을 때의 그리움 등을 글로 적어두었다.

물론 태하가 보면 식겁할 얘기도 꽤 많았다.

"…이게 일기야, 야설이야?"

"왜요?"

"험험, 아니야, 아무것도."

불필요한 내용은 전부 다 넘기고 마지막 페이지를 펼친 태하는 뜻밖의 사실을 알아냈다.

두 부부는 태하가 의대에 간 이후부터 얼마 전까지 리마인드 웨딩을 준비하고 있었는데, 개방 사건을 마무리하는 대로 결혼식을 다시 올릴 예정이었다.

그 때문에 태하의 어머니는 자신의 패물인 반지와 목걸이를 결혼식이 열리는 웨딩홀에 맡겨두었던 것이다.

만약 어머니도 아버지와 마찬가지로 반지에 단서를 남겨두
었다면 분명 결정적인 분기점이 될 것이다.

"결혼식이 열리는 곳은 이 근방이야. 사성그룹에서 운영하
는 컨벤션센터에 웨딩홀이 있고 그 건물이 근방에 있거든."

"그럼 어서 가봐요."

"그러자고."

태하와 청림은 양평에 있는 사성컨벤션센터로 향했다.

*　　　　　*　　　　　*

컨벤션센터 웨딩홀 직원은 명화방에서 반지를 다시 회수해
갔다고 말했다.

"며칠 전에 그룹에서 반지를 가지고 가겠다고 했습니다. 그
래서 퀵서비스로 그것을 보내드렸고요."

"누가 반지를 가지고 갔지요? 그럴 만한 사람이 없는
데……."

형제들이 줄줄이 봉변을 당했는데 그녀의 결혼식을 챙길
만한 여력이 있을 턱이 없었다.

더군다나 장주원은 장남이 빈자리를 채우느라 눈코 뜰 새
없었을 것이다.

'도대체 누가 반지를 가지고 간 것이지?'

태하는 명화그룹 본사에 전화를 걸었다.

전화를 받은 사람은 그룹의 비서실장이었다.

"부고하신 장희원 사외이사님의 아들입니다."

―안녕하십니까, 도련님? 안 그래도 소식 들었습니다. 제가 직접 찾아뵙고 인사를 드렸어야 하는데 최근에 장례식이 끝나 그럴 수가 없었습니다.

"아닙니다. 괜찮습니다. 저도 이제 막 나타나 장례식도 못 챙겼는 걸요."

―…뭐, 나중에 따로 장례식을 치르는 것이 나을 겁니다. 아실지 모르겠지만 장례식이 아주 엉망이었거든요.

"으음, 짐작은 하고 있었지만……."

―아무튼 일이 그렇게 되고 말았습니다. 그나저나 어쩐 일이십니까? 그룹으로 전화를 다 주시고.

"바쁘신데 죄송합니다만, 말씀 좀 묻겠습니다. 그룹에서 저희 어머니의 반지를 회수해 갔습니까?"

―반지요? 무슨 반지 말씀이십니까?

태하는 비서실장에게 사정을 설명하였다. 하지만 그는 리마인드 웨딩에 대해 전혀 모르고 있었다.

―만약 청첩장을 돌리려 하셨다면 제가 모를 수가 없습니다. 리마인드 웨딩도 결혼식이니 당연히 그룹이 나서야 하니까요. 그게 절차입니다.

"하지만 결혼식이 취소된 후에 퀵서비스로 반지와 패물을 회수해 갔다고 하던데요."

─으음, 그럴 리가 없는데…….

비서실장 오시무 카쿠노는 깊이 고뇌하는 듯했다.

─도대체 누가 반지를 가져갔을까요? 그런 일을 제가 모른다는 것도 참…….

"한번 알아봐 주실 수 있을까요?"

─네, 그렇게 하겠습니다.

이윽고 전화를 끊은 태하는 곧장 장주원에게 인터넷 전화를 걸었다.

그는 장주원에게 사정을 설명하고 그에 대한 대답을 들을 수 있었다.

─카쿠노 실장님이 모르는 일이라면 우리가 예상하는 그놈이 가지고 갔겠군.

"그놈이요?"

─끄나풀 말이다. 명화방에도 당문의 끄나풀이 있어. 아니, 이제는 청야성의 끄나풀이라 불러야겠지?

"흠……."

─태하야, 아무래도 이 일은 당문을 찾아가 봐야 답이 나올 것 같구나. 그렇지 않고선 끄나풀을 찾아낼 수가 없으니 말이야.

"알겠어요. 제가 당문으로 가볼게요."

장주원은 태하에게 유감을 표했다.

─누나의 유품이 그리 허무하게 사라졌다니 속이 터질 지경이구나.

"제가 유품을 다시 찾아올게요. 삼촌은 걱정하지 마세요."

─그래. 우리 태하도 이젠 다 커서 제 몫을 하는구나. 하지만 몸조심해라. 당문은 그리 만만한 놈들이 아니야.

"잘 알고 있어요."

─혹시나 위험한 상황이 닥치면 말해. 이 삼촌이 목숨 걸고 구해줄게.

"하하, 고마워요."

특유의 장난기 어린 말투로 너스레를 떤 장주원은 다시 진중한 목소리로 말했다.

─태하야, 당문의 일이 정리되면 곧바로 일본에 있는 외가로 오너라. 네게 긴히 할 말이 있어.

"전화론 하기 힘드신가요?"

─말하자면 너무 길어. 그러니 상황을 정리하면 이리로 오너라.

"네, 알겠어요."

그는 차근차근 일을 처리하기로 했다.

"무공부터 좀 익혀볼까?"

태하는 다시 한 번 신선도를 재현해 보기로 했다.

*　　　*　　　*

한적한 오후, 강원도 정선의 한적한 마을에 태하의 차가 서 있다.

올해로 일흔이 된 공인중개사는 삐걱대는 허리를 간신히 세워 수첩을 펼쳤다.

"끄응, 늙으니 몸이 말을 안 듣는군. 젊음이란 너무나도 좋은 것이지. 젊을 때 관리 잘하도록 하게."

"예, 어르신."

태하는 주과를 말려 꾸준히 복용했기 때문에 생로병사와는 거리가 먼 삶을 살아가게 될 것이다.

그에게 늙는다는 단어의 뜻은 그저 해를 거듭해 나이를 먹는다는 의미일 뿐이다.

노인은 태하에게 노트 안쪽에 깊숙이 잠자고 있는 쪽지 한 장을 꺼내주었다.

"이, 이것인 것 같군."

"꽤 오래된 것 같은데요? 아직까지 땅이 안 팔렸을까요?"

"안 팔렸어. 내가 그 땅의 주인이거든."

"아아, 그렇군요."

태하는 사방이 돌로 막혀 있고 대지의 기운이 물씬 풍겨 나오는 천연 분지를 찾아서 전국 팔도를 돌아다녔다.

그는 무려 50곳의 복덕방을 돌아다녀 간신히 강원도 정선에 적당한 매물이 있다는 소식을 들었다.

이제 보니 이 땅은 찾는 사람이 없어 몇십 년이 지나도록 버려져 있던 모양이다.

"이 동네 어귀에서 한 40분쯤 가면 유실된 도로가 하나 나오는데, 그곳에 해당 물건이 있네."

"땅은 몇 평이나 됩니까?"

"한 4만 평 될 걸."

"그렇게 큰 땅은 필요 없는데……."

"가격 때문이라면 걱정하지 말게. 계곡이 흐르는 배산임수이긴 하지만 주변이 전부 바위산이고 그린벨트가 주변을 둘러싸고 있어서 가격이 거의 똥값이야. 내가 도시계획과에 아는 사람이 있는데, 그 땅은 아마 내가 죽고 자네까지 죽어야 개발이 될까 말까 할 것이라네. 정선이 시로 승격되고 인구가 50만 이상 되어야 한다니 어쩌면 평생 개발이 안 될지도 모르지."

"그, 그렇군요."

노인은 절대로 개발이 될 리 없다는 소리를 아주 좋게 포장해서 태하에게 해준 셈이지만 그게 더 구매 욕구를 떨어뜨릴 수도 있겠다는 생각이 들었다.

하지만 태하에게 필요한 것은 오지이니 개발이 평생 되지 않는다면 그보다 더 좋을 수 없었다.

"물건을 좀 볼 수 있습니까?"

"불가능해."

"……?"

"내가 그곳까지 갈 수가 없거든."

"아아, 그, 그렇군요."

"대신 약도를 그려주겠네. 그곳으로 가서 물건을 좀 봐주게나. 내가 움직이기가 좀 힘들어서……."

"예, 알겠습니다. 제가 오늘 한번 가보고 연락드리겠습니다."

"마음에 들면 연락 주게. 내가 파는 물건이니까 중개 수수료 없이 등기 이전을 해주겠네."

"감사합니다."

"뭘, 늘그막에 땅이라도 팔아야지. 가지고 있는 물건 다 처분하기도 곤란했는데 도와주어 내가 오히려 고맙지."

"아닙니다."

"아무튼 약도를 그려줄 테니 찾아가게. 아마 위치만 제대로 찾는다면 알아보기 어렵진 않을 거야. 원래 그곳 전체가 마을이었는데 사람들이 떠나면서 공터가 된 것이거든."

"그렇군요."

태하는 노인에게 약도를 받아 '백산마을'이라는 곳으로 향했다.

$$* \qquad * \qquad *$$

백산마을에 도착한 태하는 자신의 눈을 의심했다.

휘이이잉!

"이건 을씨년스러운 정도가 아니라 그냥 폐허 마을인데?"

공기가 맑고 대지의 기운이 천연 분지에 가로막혀 나갈 수 없는 구조이긴 하지만 대략 20채의 폐허가 자리 잡고 있어서 귀신이 나올 것만 같은 분위기였다.

만약 일반인들이 보았다면 분명 폐가니 뭐니 하며 바로 도망쳤을 것이다.

하지만 태하가 보기엔 이곳만큼 적당한 곳도 없었다.

"그래, 이 정도면 되었지."

그는 부동산에 전화를 걸었다.

"어르신, 아까 그 청년입니다."

─으음? 벌써 도착했어? 그곳까지 들어가자면 꽤 길이 험할 텐데?

"저는 젊잖습니까?"

─하긴 그 나이면 펄펄 날아다닐 때지. 어때, 물건은 괜

찮아?

"예, 좋군요. 저에게 파십시오."

ㅡ얼마에 줬으면 좋겠나?

"어르신이 받고 싶은 만큼 받으시죠."

ㅡ으음, 그래? 그럼 좀 높이 불러볼까나?

"얼마나 부르시려고요?"

ㅡ5천?

"5천만 원이요?"

ㅡ왜, 너무 비싼가?

"아, 아니요. 왜 이렇게 싼가 싶어서요."

ㅡ땅 자체가 개발 제한이 걸린 것은 아니지만 마을 주변이 모두 그린벨트로 묶여 버렸으니 땅값이 제대로 나오겠나? 이 정도면 아주 잘 받은 것 같은데?

"으음, 그렇군요."

ㅡ만약 되팔 생각이 있다면 이것보다는 더 받을 수 있을 거 야. 팔리기만 한다면.

태하도 공시 시가에 대해 아예 모르고 땅을 사겠다고 한 것은 아니니 대략적인 시세쯤은 알고 있었다.

"시세보다 훨씬 싸서 좀 놀랐습니다."

ㅡ처음 보는 사람은 그럴 수도 있지. 아무튼 계약하겠나?

"예, 어르신. 당장 오늘 인터넷뱅킹으로 대금을 치르겠습니다. 소유권 이전은 천천히 해주셔도 됩니다."

―알겠네. 그럼 나는 천천히 소유권을 이전할 테니 자네는 나중에 시간 되면 내려와서 계약서나 한 장 써주게.

"네, 어르신."

태하는 핸드폰을 꺼내어 자신의 계좌가 연동되어 있는 인터넷뱅킹 어플리케이션을 구동시켰다.

김태하 고객님의 잔고: 21,454,231,356원 정

아버지와 어머니의 재산이 모두 태하에게로 입금되어 지금 그의 자금은 대략 200억대를 상회하고 있었다.

지금까지 몬스터를 사냥하면서 살아온 태하의 아버지와 어머니는 꽤 많은 돈을 축적해 둔 상태였다.

물론 맹목적으로 돈만 좇는 사냥꾼이었다면 이것의 족히 열 배는 벌었을 테지만 두 부부는 돈에 욕심은 없었다.

깔끔하게 세금까지 청산한 태하는 정정당당하게 부동산을 구입하기로 했다.

이체 완료: 이초수 부동산―51,000,000 이체

태하는 부동산공인중개사가 시세의 거의 1/3을 깎아 준 것에 대하여 나름대로 사례를 하였다.

이제 그는 마음 편하게 이곳을 가꾸고 제2의 신선도를 만들어낼 수 있을 것 같았다.

"자, 그럼 공사를 시작해 볼까?"

태하는 이곳에 공청석유와 각종 약초를 심어놓고 매화검법을 연성할 생각이다.

대략 사나흘이면 매화검법에 숨어 있는 심오한 절학까지 깨우칠 수 있을 테니 모든 과정은 일주일 안에 끝날 것이다.

그는 이제 이곳 마을을 수리하고 다듬을 자재를 구하기 위해 삼척시의 시가지로 향했다.

제6장
전초기지를 세우다

삼척 시가지에서 파이프와 배관, 새끼줄 등 농사를 짓는 데 필요한 물건들을 사온 태하는 당장 마을의 입구부터 다지기로 했다.

　태하는 인터넷 백과사전에서 본 각종 중장비의 구조를 단 10분 만에 외우고 그것을 토대로 굴삭기와 벌목기기를 만들어 냈다.

　위이이잉, 철컹!

　인력진은 태하가 쌓은 지식을 기반으로 하여 굴삭기와 벌목기기로 변신하고 그것을 스스로 운용하여 초목이 무성한 마을의 입구를 깔끔하게 정리하였다.

인력진이 입구를 정리하는 동안 나머지 100개의 금강석 인형은 인근에서 채취한 돌덩이들을 잘게 부수어 도로를 정비하였다.

비록 콘크리트로 만들어놓은 인공미 넘치는 도로는 아니지만 사람이 드나드는 데는 전혀 문제가 없는 친환경적인 도로가 탄생하였다.

태하는 그 주변으로 주과나무를 심고 각종 산야초를 심어 경관을 가꾸는 동시에 약초까지 채취하는 효과를 보았다.

이제 마을의 뒷산이자 천연 분지의 최북단인 개울의 발원지에 대지의 근원을 심어 넣을 차례였다.

그는 20개의 금강석 인형을 데리고 산비탈을 올라 마을 전역에 물을 공급하고 다시 지하수를 만들어내는 발원지를 찾았다.

현재 마을 전체가 한창 공사가 진행 중이지만 대지의 근원을 심는 데는 별문제가 없을 것이다.

태하는 발원지의 물줄기가 뻗어 나오는 천연 암반을 찾을 때까지 땅을 파내려 갔다.

퍽퍽퍽퍽퍽!

무공을 사용해서 땅을 파내려 가는 방법도 있지만, 그렇게 했다가 물줄기가 틀어지면 모든 것이 말짱 도루묵이 된다.

20개의 금강석 인형이 쉬지 않고 일곱 시간쯤 땅을 파내려가니 드디어 암반의 입구가 보였다.

스스스스스!

"물줄기가 용천되는구나. 청림, 이 정도면 대지의 근원을 심어두어도 되겠지?"

"예, 오라버니. 아주 딱 맞는 것 같아요."

"좋아, 그럼 이곳에 대지의 근원을 심고 다시 성토하자."

―깡, 깡!

태하는 암반에 대지의 근원을 잘 묻어두고 그 위로 다시 바위와 흙을 덮어 본래의 모습을 갖추어놓았다.

이제 내일쯤이면 이곳에 온전한 공청석유의 발원지가 생길 것이다.

그는 행여나 물줄기가 새어 나갈 곳이 없는지 다시 한 번 점검하고 빈틈을 찾아내 그곳을 막아낼 채비를 꾸렸다.

"가자. 우리는 더 할 일이 있어."

―깡, 깡!

20개의 인형이 태하를 따라 마을을 돌면서 암반의 위치를 확인했다.

*　　　　*　　　　*

다음 날, 태하는 안정적으로 물이 마을에 갇혀 순환되고 있음을 확인하였다.

그는 연푸른색의 공청석유를 한 모금 떠서 맛보았다.

"후룩! 으음, 좋군!"

배 속에 엄청난 청량감이 전해지면서 내공이 점차적으로 강성해지는 것이 아주 양질의 공청석유가 생성되고 있는 모양이다.

이제 그는 마을에 있는 집을 수리하고 그 인근의 숲을 일구고 집터는 창고로 사용할 생각이다.

금강석 인형들은 다 무너져 가는 집의 기둥에 새끼줄을 감고 그 위에 황토로 만든 벽돌을 쌓았다.

지붕이 주저앉을 것 같으면 전통 방식 그대로 집을 수리하였고, 문풍지만 유리로 교체하여 편의성을 더하였다.

뚝딱, 뚝딱!

300개의 금강석 인형이 어제 벽돌을 만들어두어 아침나절이 지나고 나자 모든 작업이 끝났다.

태하는 이제 주변에 나무를 심어 수풀이 우거지도록 만들어두고 각종 약초를 파종하여 자생 환경을 갖출 생각이다.

물론 4만 평에 걸쳐 늘어져 있는 넓은 숲이 있기는 하지만 완벽한 자생 환경을 갖추기 위해선 일부분 사람의 손이 필요했다.

그는 4만 평의 바위산을 천연 울타리로 삼고 마을의 중심가를 숲으로 가꾸어 약초를 재배하기로 했다.

아침나절 작업을 끝낸 금강석 인형들은 물통과 각종 묘목을 짊어지고 다니면서 나무를 심었다.

태하는 인터넷을 통하여 조경에 대한 지식을 모두 터득해 두었기 때문에 숲을 조성하려면 어떻게 해야 하는지 아주 자세히 알고 있었다.

완전한 응달을 만들어내기 위하여 소나무는 물론이고 박달나무, 뽕나무 등 수많은 나무를 심었다.

300개의 인형이 두 평에 한 그루씩 심어 4만 평의 부지를 모두 묘목으로 채워 넣었다.

이제 그 위로 공청석유를 지속적으로 뿌려주어 나무에 공력을 주입해 주면 족히 일주일이면 울창한 숲이 생겨날 것이다.

그는 묘목을 모두 심은 후 금강석 인형들을 데리고 마을 외곽의 바위산 지대로 향했다.

이제 이곳에 경계 태세를 갖추어 놓아야 행여나 엉뚱한 사람이 선단을 함부로 훔쳐 먹고 죽는 일이 발생하지 않을 것이다.

이 세상에서 공청석유를 물처럼 마시고 멀쩡히 살아남을 수 있는 사람은 그리 많지 않을 것이다.

그러니 힘을 가진 사람이 그것을 지키고 안전하게 환경을 조성해야 할 것이다.

태하는 이곳에서 약초를 재배하고 공청석유 등으로 약을 지어 어려운 사람들을 살려주겠다는 원대한 꿈을 갖고 있었다.

또한 아프리카나 고비사막 같이 황량한 곳에 숲을 조성해 주어 사람이 보다 살기 좋은 지구를 만들어나갈 생각이다.

그 모든 것을 실현하자면 지금의 이 숲은 꼭 지켜야 할 것이다.

태하는 바위 지대 곳곳에 경보기를 설치하고 금강석 인형 10개를 배치하여 유사시에 대비하기로 했다.

이제 금강석 인형들이 이곳을 단단히 지키면서 침입자가 발생하면 사정 봐주지 않고 처치하게 될 것이다.

"빈틈이 생기면 안 된다."

―깡, 깡!

금강석 인형은 잠을 자지 않아도 되기 때문에 경계에 빈틈이 생기지 않을 것이고 휴식을 취할 필요가 없어서 365일 24시간 감시가 가능할 것이다.

태하는 이곳에 경계 체계까지 갖춰놓았으니 이제 본격적으로 검을 수련할 생각이다.

그는 열 개의 인형만 내버려 두고 다시 마을로 내려왔다.

*　　　*　　　*

화산파의 매화검법은 세월이 지나면서 상당히 많은 변화를 거쳤다.

무학의 발전은 곧 생명과 직결되기 때문에 사람을 상대하는 검이라기보다는 사냥감을 도륙 내는 생존의 검으로 발전되어 온 것이다.

태하는 화산파가 실전에서 얻은 경험을 토대로 만들어낸 신 매화검법을 하나하나 분해하기 시작했다.

본디 매화검법은 그 변화가 절묘하고 기교가 뛰어난 것이 특징이지만 화려함과 고고함을 버리고 생존과 제압을 위한 압도의 검으로 변화하였다.

그러나 매일생한 불매향, 매화가 선비의 절개를 상징하듯 매화검 특유의 향과 절개는 잊지 않았다.

한마디로 외적이 침입했을 때 선비들이 상투를 자르고 검을 잡아 전장으로 뛰어든 것과 같은 느낌이 물씬 풍겨났다.

태하는 본래의 매화검법보다 지금의 필사즉생의 검이 훨씬 더 마음에 들었다.

"설매는 창연하나 칠매쟁수를 거친 노매는 수려하고 동매는 봄이 와도 잠잠하다!"

쉬익!

매류통천의 흩날리는 검선이 하늘로 높이 올라갈 때쯤 매영만천의 날렵하고도 촘촘한 검이 아래로 떨어져 내렸다.

그 이후 냉매섬개의 극 쾌검이 전방으로 쏘아져 나가며 냉매섬락의 뱀처럼 기묘한 변초가 한차례 이어졌다.

본래의 초식에서 군더더기를 전부 다 쳐내고 검의 길이 하나로 압축되어 단출하게 매화검법을 읊을 수 있게 되었다.

다만 검과 검이 이어지는 길목이 없어져 버렸으니 쾌는 더욱 극한으로 치닫게 되었으며, 흩날리는 매꽃과 같은 검막은 단 일 수로 온 사방을 들쑤실 수 있을 정도로 고강해졌다.

한마디로 화산파는 기초를 닦는 검부터 배우는 이의 재능을 시험하도록 문파의 근간을 고쳐 버린 것이다.

태하는 신 매화검법에 숨겨진 진짜 힘을 몸소 경험하고 나선 이 작은 책 한 권이 결코 가볍게 느껴지지 않았다.

"과연 오랜 전통의 화산파구나. 하루 이틀의 노력으로는 이런 검을 완벽하게 연성할 수 없겠어."

청림은 그의 말에 공감하였다.

"그래요, 애초의 일주일로는 안 되겠어요. 최소한 오라버니와 제가 보름은 매달려야 이 무학들을 완파할 수 있을 겁니다."

"내가 보기에도 그래."

하루 이틀에 돌파할 수 없는 매화검법이지만 이미 자연경의 경지에 오른 태하는 무학에 대한 길을 모두 터득하고 있다고 해도 과언이 아니었다.

다만 무학의 형을 벗는 경지에 오르기 위해선 신선에 버금가는 깨달음이 필요했기 때문에 지금의 경지를 벗어날 수 없던 것뿐이다.

그는 오늘 익힌 화산파의 기본 무공 두 개를 연계하여 실험을 해보았다.

"매류통천!"

휘이이익!

마치 고고한 한 마리의 학이 춤을 추듯 절개 있게 뻗어낸 검은 매화꽃이 바람을 타고 하늘로 올라가는 형상을 자아냈다.

그 과정에서 태하는 매영만천을 내려치며 단 세 수 만에 주변을 매화꽃으로 물들였다.

휘릭!

콰아앙!

신 매화검법에 자연경의 경지에 어우러지니 절세의 신검이 탄생할 수밖에 없었다.

"앞으로 초식을 모두 다 익히고 개량된 신 자하신공을 익히면 되겠군."

"신 자하신공은 원래 장문인에게만 전수되던 절세신공을 개량한 것이니만큼 잘만 파고들면 추후 요긴하게 써먹을 수 있겠어요."

"그러게 말이야."

기왕지사 검을 배우는 김에 자하신공까지 독파하기로 마음먹은 태하이다.

*　　　　*　　　　*

나흘 후, 드디어 백산마을이 아름드리나무로 울창한 숲을 이루게 되었다.

휘이이잉!

늦여름임에도 불구하고 여전히 푸름을 간직한 이곳은 이제 슬슬 자연의 섭리에 따라 낙엽이 지게 될 것이다.

그러나 울창한 숲은 그 녹음을 여전히 잃지 않으며 소나무 등이 음지를 이루고 적당한 설원은 산을 비옥하게 만들 것이 분명했다.

휘리리릭!

"선매청고, 매화란구주!"

선계의 매화는 언제나 푸르고 그 아홉 개의 매화가 하나로 합쳐져 선을 이룬다는 구절이 태하의 손을 통하여 펼쳐졌다.

원래 수많은 변초가 펼쳐져야 할 위 초식들은 단 네 번의 검으로 바뀌어 전개되지만, 내공을 실어 일 검을 치게 되면 그 파괴력은 상상을 초월하게 된다.

이제 태하는 매화검법의 기본 14수와 검법의 근간이 되는 초식 24수를 모두 익히고 그것을 토대로 만들어진 매화칠절 검의 본격적인 초식을 익히는 중이다.

매화칠절검의 구결은 신 매화검법의 심화 과정이라 할 수 있는데, 이것이야말로 생존을 위해 필요한 모든 것이 담겨 있었다.

"만화성막!"

만개한 꽃의 그림자로 적을 제압한다는 구결인 만화성막은 원래는 총 51개의 동작으로 이뤄진 초식이었다.

그러니까 검을 한 번 뻗어서 51개의 변초를 주어 적을 제압한다는 소리다.

하지만 만화성막은 새로운 무학이 접해지면서 팽이처럼 몸을 회전시켜 51개의 변초를 하나로 통합해 버렸다.

이것은 다수의 적과 마주할 수밖에 없는 던전의 상황에 맞게 검을 최적화시켜 나타난 현상이었다.

태하는 초당 100회의 회전을 통하여 만화성막을 극성으로 전개하였다.

휘이이이이이이잉!

그의 회전이 어찌나 빠른지 검을 쥔 곳을 중심으로 회오리 바람이 일어날 정도였다.

한차례 태풍이 일어났으나 청림이 내공을 전개하여 나무가 상하는 일은 일어나지 않았다.

태하는 만화성막을 펼치고 남은 수로 곧바로 향류천리를 펼쳤다.

"허업!"

매화의 향이 천 리를 간다는 뜻의 이 구결은 일 검으로 다수의 적을 제압하는 발검의 형태를 띤다.

때문에 검을 시작하는 데 쓰이는 초식이지만 마무리를 지을 때도 사용할 수 있는 수이기도 했다.

태하의 향류천리는 바위산을 스치듯 지나가 반경 500미터 안의 모든 것을 베어냈다.

서걱!

쿵!

바위산의 끄트머리가 아래로 떨어져 내리면서 자욱한 먼지를 냈다.

"대단하십니다. 화산파의 장문이 나온다고 해도 오라버니의 발끝에나 닿을지 의문입니다."

"뭐, 그 정도까지야……."

태하는 자신의 검 끝에 맺혀 있는 자하신공을 다시 갈무리

하였다.

스스스스스!

청림과 태하는 신 자하신공을 심도 있게 파고들어 신 자하신공에서 빠진 부분을 채워 넣고 그것을 보완하여 완벽한 심법을 만들어냈다.

본래는 자색의 진기가 천월심법과 충돌해야 하지만 태하는 그것을 천월심법의 하수에 두고 자신의 것으로 녹여낼 수 있는 능력이 있었다.

때문에 자하신공이 보다 더 완벽하게 태하의 검을 타고 흘러 다닐 수 있게 된 것이다.

한마디로 자하신공은 천월심법의 휘하에 자리 잡고 있다가 그것을 보조하는 역할을 맡게 된 셈이다.

"아직까지 힘 조절이 불가능해. 수련이 부족하니 자하신공을 다룰 수 있는 경지에 이를 때까진 나갈 수 없겠어."

"일주일이면 되겠지요?"

"아마도."

"역시 예상보다 훨씬 빠르세요."

"청림의 도움 덕분이지."

두 사람은 다시 검을 수련하는 데 박차를 가했다.

*   *   *

다시 일주일 후, 백산마을에 선의의 산야초와 영약들이 꽃을 피워 향긋한 약향을 풍겨내고 있다.

만약 병에 걸린 사람이 이곳에 와서 공기를 맡으며 일 년만 지낸다면 그 와병 생활을 끝낼 수 있을 정도이다.

태하는 이제 완벽하게 매화검법과 자하신공을 다룰 수 있게 되었다.

그는 마지막으로 금강석 인형과 검을 겨루어보고 화산의 끄나풀을 찾으러 나가기로 했다.

―깡, 깡!

사신무의 주작 구결을 주로 하는 금강석 인형이 태하와 검을 섞었다.

"암향부동화!"

짧고 강력한 태하의 자색 일수가 금강석 인형을 덮치자, 녀석은 주작 구결의 폭열승천장으로 응수하였다.

쿠그그그그그, 콰앙!

강렬한 불길이 매화검의 기세를 꺾어버렸고, 태하는 어쩔 수 없이 한 수 버릴 수밖에 없어졌다.

"흠, 역시 외공만으론 한계가 있는 것인가?!"

그는 어쩔 수 없이 자하신공을 극성으로 끌어올려 힘으로 인형을 압도하기로 했다.

"낙매여우!"

촤좌좌좌촥!

총 열 수의 검으로 이뤄진 낙매여우는 매화꽃이 비처럼 떨어져 내린다는 구결로 가장 현란하면서 압도적인 무위를 자랑한다.

―깡, 깡……?!

이 압도적인 무위에 극성의 자하신공이 겹쳐지니 가히 살인적인 무위가 펼쳐졌다.

쿠구구구구궁!

순식간에 하늘이 자색 빛으로 물들더니 열 개의 낙뢰가 금강석 인형을 향해 떨어져 내렸다.

파밧!

쾅!

―끼이이잉!

녀석은 어쩔 수 없이 바닥에 쭉 뻗어 패배를 인정하였고, 태하는 낙뢰를 거두어들였다.

"이 정도면 간당간당하게 놈들을 제압할 수 있겠어."

"…아니요. 제 생각엔 화산파를 아예 박살 낼 생각이신 것 같은데요?"

"청림의 기분 탓이겠지."

이제 드디어 완벽하게 준비를 마친 태하이다.

       *   *   *

인천국제항 5번 선착장에 중국발 정기여객선 '블루돌핀호'가 정박해 있다.

중국 칭타오와 한국의 인천을 오가는 정기여객선 블루돌핀호는 정원 600명에 1만 6천 톤급의 페리선이다.

솨아아아!

시원한 바람이 부는 선착장에 대략 100명의 인원이 줄을 서 있다.

정원에 한참이나 모자란 인원이지만 지금이 새벽이라는 것을 감안한다면 승선 인원이 그리 적다고는 할 수 없었다.

블루돌핀호는 중국에서 들어오는 유커들을 상대로 여행사 패키지 장사를 하기 때문에 한국에서 나가는 인원은 대부분 낮이나 저녁에 많이 몰려 있다.

오늘 새벽에 나가는 이 배편은 새벽 조조할인으로 값이 많이 떨어져 있지만 인원은 그리 많지 않은 것이 특징이다.

입구에 선 네 명의 승무원이 여권과 티켓을 확인하여 승선을 실시하고 있다.

"2시 30분에 출발합니다! 지금 탑승하시기 바랍니다!"

태하는 청림과 함께 배에 올랐다.

승무원은 태하의 신분증과 허선선이라는 이름이 적힌 신분증을 차례대로 확인했다.

장주원은 미국계 신분 제조 브로커를 통하여 청림의 미국 신분증을 만들어냈다. 그리고 그것을 다시 한국으로 가지고 와 '허선'이라는 이름으로 귀화 신청을 했다.

그러나 전산에 오류가 생기는 바람에 허선이라는 이름 뒤에 한 글자가 더 붙어 선선이라는 다소 독특한 이름이 탄생하였다.

브로커는 이름을 다시 정정해 주겠다고 했지만 두 사람에게 그녀의 이름은 그리 중요한 것이 아니었다.

"김태하, 허선선 고객님?"

"예."

"신분 확인되었습니다. 즐거운 여행 되십시오."

"고맙습니다."

신분증을 다시 챙긴 태하는 청림에게 웃으며 말했다.

"선선이라… 듣다 보니 꽤 정감이 가는군."

"…고맙습니다."

잠시 후, 두 사람은 미리 예약된 2인실에 단출한 짐을 실었다.

태하는 객실에 들어오자마자 최성에게서 받은 낡은 수첩을 꺼내 들었다.

수첩에는 당문의 불법 행위에 대한 거의 모든 것이 들어 있다. 그중에는 한국에서 사람을 납치, 장기를 적출하여 판매하는 인신매매 단체도 있었다.

그는 당문의 사업을 초치고 다니는 첫 번째 행보로 사람을 살리는 일부터 하기로 했다.

수첩에는 이 블루돌핀호가 당문의 사유재산이며 이곳의 승무원과 승객 일부가 짜고 장기를 실어 나른다고 되어 있었다.

태하는 수첩에 나와 있는 수술 장소를 찾아 나서기 위해 평상복 차림으로 객실을 나섰다.

붉은색 융단이 깔려 있는 객실 복도를 따라서 지하 선실로 내려가니 공사 중 푯말이 붙은 한식당이 나온다.

"여기인 모양이군."

"사람의 장기를 적출하는 장소가 하필이면 식당이라니, 제정신이 아닌 모양입니다."

"애초에 여행사를 통해서 사냥감을 물색하는 것 자체부터가 정신 나간 짓이지."

당문에서 운영하는 녹성여행사는 중국에서 유커와 함께 전문 브로커를 데리고 들어와 사냥감을 물색한다.

적당한 사냥감이 타겟팅 되면 그들을 납치하여 정해진 시간에 정기선으로 돌아오는 것이다.

그 시각은 언제나 새벽 2시 30분, 이 시간은 단 한 번도 변동된 적이 없었다.

새벽 시간은 해경의 단속이 허술할 시간대이며 더군다나 요즘은 유커들을 모서가기 위해 혈안이 된 시, 도가 많아서 유입과 탈출이 한결 손쉬웠다.

끼이익.

식당 문을 열고 안으로 들어가 보니 벌써 수술을 준비하고 있었다.

스테인리스 집기와 수술용 마취 도구, 거기에 장기를 보관하는 아이스박스까지 없는 것이 없었다.

심지어 수술대 아래에는 피가 잘 빠져나가도록 플라스틱 호수가 배관을 타고 하수구로 이어져 있었다.

이 배수관을 통하여 피를 빼내고 불필요한 시신은 분쇄해서 버리기 때문에 납치된 사람이 경찰에 발견될 확률은 전무하다고 볼 수 있었다.

"…자, 그럼 시작해 봅시다."

"마취 시작합니다. 선생, 약 너무 많이 빨지 마세요."

"큭큭, 내가 알아서 해. 걱정하지 말고 마취나 잘 시켜요. 발작해서 장기 상하면 값 떨어지니까."

수술을 집도하는 사람은 약에 잔뜩 취한 남자였는데, 나이도 많은 데다 약에 절어서 수전증까지 있는 것 같았다.

거기에 마약을 저렇게 흡입하고 수술을 감행하면 살 사람도 죽는 수술이 될 것이 뻔했다.

'어차피 개복해서 닫을 일이 없으니 약을 잔뜩 처먹고 집도 해도 상관없다고 생각하는 모양이군. 저게 바로 인간백정이지……'

태하는 사람을 살리는 의사로서 저런 행위를 도저히 용납할 수가 없었다.

그는 검을 뽑아 들었다.

챙!

"아주 대놓고 통나무 장사를 하고 있네. 이게 진짜 사람새끼인지 개새끼인지 모르겠군."

"허, 허억!"

"이런 씨벌?! 도대체 여길 어떻게 알고 들어온 거지?!"

"그건 저승에 있는 염라대왕에게 물어봐라!"

태하의 매영난세가 메스를 집은 약쟁이 의사의 목을 단숨에 베어버렸다.

팟!

서걱!

매영난세는 매화꽃이 어지럽게 흩날리듯 자하신공의 예기를 유감없이 뻗어내는 초식이다.

이것은 원래 60개의 변초와 22개의 동작으로 이뤄진 화려한 초식이지만 단 세 수에 그 모든 것을 집약시켜 일격필살의 발검으로 변화하였다.

태하의 검이 뽑혔으니 남은 두 수가 살아서 목표를 노릴 것이다.

휘리릭!

발검이 이뤄진 후 매영난세의 이수와 삼수는 종과 횡으로 검선을 자아냈다.

촤락!

태하의 검은 마취 기계를 잡고 있는 남자의 허리를 베어버렸고, 그에 이어 수술 집기를 가지고 있는 남자를 종으로 갈라 버렸다.

푸하아아악!

사방으로 피가 튀어 선혈이 낭자하였으나 태하의 매화검에서 뻗어난 자하신공이 주변을 매화꽃 향기로 물들여 오히려 봄의 분위기를 연출하였다.

만약 눈을 감고 있다면 따스한 봄날의 매화나무 아래 누워 있다는 착각에 빠질지도 모를 일이다.

태하는 남은 두 사람 중에서 한 사람의 멱살을 틀어쥐었다.

꽈득!

"어, 어어……."

"본거지가 어디냐?"

"그, 그건……."

"말할 수 없나?"

조용히 고개를 끄덕이는 그의 목덜미에 태하의 자하신공이 흘러들자, 아주 서서히 안압이 차올라 눈동자가 점점 앞으로 튀어나오기 시작했다.

"끄으으으윽!"

"대가리가 터져 죽고 싶다면 계속 입을 다물고 있어라."

"…사, 살려……."

"살고 싶으면 입을 열어라."

한창 놈을 족치고 있는 태하의 옆구리에 또 다른 불한당의 검이 날아들었다.

"죽어라!"

하지만 그의 검은 태하의 옆구리에 닿기도 전에 청림의 냉매섬개에 아래로 뚝 떨어지고 말았다.

서걱!

청림의 쾌검이 그의 팔뚝을 잘라내어 일순간에 검이 힘을 잃고 만 것이다.

파다다다닥!

마치 활어처럼 파닥거리는 자신의 팔을 바라보는 괴한의 눈동자가 홉떠져 마구 흔들리기 시작했다.

"으아아아악! 사, 사람 살려!"

상황이 이렇게 공포스럽게 흘러가니 태하에게 멱살이 틀어

잡힌 그놈은 입을 열지 않을 수가 없었다.

"…추, 충칭입니다!"

"충칭?"

"예, 그렇습니다!"

그제야 태하는 그의 목덜미에서 손을 놓았다. 그러자 곧 튀어나올 것 같던 눈알이 서서히 안쪽으로 기어들어 갔다.

"허억, 허억!"

"외팔이 놈은 해경에 넘길 것이고 네놈은 나와 함께 충칭으로 간 이후 중국 공안에게 인계될 것이다."

"……"

"그리 억울해할 필요 없다. 저렇게 처참하게 죽어가는 것보다는 나을 테니까."

태하는 기절해 있던 여성의 혈도를 짚어 깨웠다.

투둑!

그러자 그녀가 잠에서 깨어났다.

"…어, 엄마야!"

"어디서 어떻게 잡혀온 것인지는 모르겠습니다만, 이 사람들이 당신을 납치했습니다. 맞습니까?"

"마, 맞아요! 저, 저 아저씨가……."

"그대로 경찰에 가서 증언을 하시면 됩니다. 이제 곧 해경이 올 테니 그들을 따라가세요."

그녀는 태하의 앞에 무릎을 꿇고 있는 괴한들을 바라보곤 이내 상황을 파악했다.

"저, 저를 구해주신 겁니까?"

"더 많은 사람을 구했어야 하는데 그러지 못한 것이 아쉽네요."

"가, 감사합니다!"

"아니요, 제게 감사할 필요 없어요. 다만 은혜를 갚고 싶다면 해경에게 이놈들의 악행에 대해 아주 낱낱이 증언해 주세요."

"네, 그럴게요!"

태하는 해경이 도착할 때쯤 사지가 멀쩡한 괴한을 데리고 다시 객실로 향했다.

*   *   *

러시아 블라디보스토크에 위치한 거대한 저택에 사람이 찾아왔다.

똑똑똑.

"계십니까?!"

중국 사천 식으로 지어진 이 저택은 인근에서도 가장 큰 가옥으로 알려져 있다.

저택의 문을 두드린 사내에게 한 여인의 목소리가 들린다.

―누구시죠?

"접니다. 계진령."

―아아, 계 사부님이시군요. 잠시만요. 문 열어드릴게요.

잠시 후, 치파오를 입은 단아한 모습의 여성이 대문을 열고 나와 그를 맞았다.

"오셨어요?"

"반갑습니다. 문주님 안에 계십니까?"

"출타 중이세요."

"이런……!"

"무슨 일이신데요?"

"당영성 이사와 제 동생들이 실종되었습니다."

"……!"

그녀는 일단 그를 안으로 들였다.

"문주님께서 오실 때까지 잠시 이곳에 계세요."

"고맙습니다."

"그나저나 누가 그들에게 위해를 가한 건가요?"

"지금은 잠정적으로 화산그룹이라 예상하고 있을 뿐입니다."

"…화산?! 그들이 어째서 우리에게 위해를 가한다는 거죠?"

"자세한 내막은 아직 모릅니다. 다만 바로 어제 한국에서 중국으로 물건을 실어서 들어오던 수술선이 해경에 잡혔습니다. 우리 쪽 기술자 세 명이 죽고 한 명은 오른팔이 잘렸습니다. 남은 한 놈은 지금 행방불명이고요."

"그런 일이……"

"오른팔이 잘린 기술자는 현재 한국 해경에게 잡혀 취조를 받는 중입니다."

"하지만 그것만으로 어떻게 화산그룹이 개입했다고 확신하시는지요?"

"살해 현장에서 매화꽃 냄새가 났답니다."

"허, 허어!"

그녀는 고개를 가로저었다.

"아니, 그건 또 다른 누군가가 매화검을 흉내 냈을 수도 있는 것 아닌가요?"

"그렇다고 하기엔 매화 향기가 너무 진했습니다. 제가 현장에 몰래 가보니 복도 끝에서부터 매화 향기가 진동하고 있었습니다. 이 정도면 오리지널 자하신공을 익혔다고 볼 수도 있습니다."

"흠……."

"아무튼 상황이 난감하게 되었습니다. 당장 문주님을 뵙고 말씀드려야 합니다."

"그래요, 알겠어요. 잠시만 기다리세요."

잠시 후, 허공에서 한 신형이 뚝 떨어져 내렸다.

쿵!

"…문주님을 뵙습니다!"

허공에서 떨어져 내린 사람은 놀랍게도 이제 막 16세나 되었을까 말까 한 소녀였다.

하지만 그녀의 몸에서 뿜어져 나오는 독무공은 십 리 밖까지 악취를 풍길 정도로 고강했다.

그녀의 앞에 무릎을 꿇은 계진령이 식은땀을 흘리며 외쳤다.

"문주님께 조치를 구하기 위해 찾아왔습니다! 명을 내려주십시오!"

"그래요. 계 사부께서 말씀하신 것은 다 들었으니 제가 조치를 취하겠습니다."

"감사합니다!"

"계 사부님은 지금 당장 인신매매단을 찾아가 후방을 정리하십시오. 범인은 우리가 찾겠습니다."

"예!"

계진령이 사라진 후, 당문의 현 문주 당희윤이 고모 당이화에게 말했다.

"고모, 아무래도 그놈을 다시 만나봐야겠어요."

"끄나풀 말씀이신가요?"

"그놈과 자주 접촉하는 것은 좋지 않지만 일이 이렇게 되었으니 뭐라 지껄이는지 들어보기는 해야 할 것 같아요."

"네, 그럼 바로 준비하겠습니다."

"준비되면 말씀해 주세요. 저는 계속 독무담에 들어가 있을 게요."

"잘 알겠습니다."

당희윤이 다시 신형을 숨긴 후 당이화는 전화기를 들고 저택을 나섰다.

제7장
난리 통

중국 충칭의 번화가 안, 이곳에 오태병원이라는 이름의 허름한 종합병원이 있다.

원래 종합병원은 사람의 병을 치료할 수 있는 어지간한 진료 체계를 두루 갖추고 있어야 하지만, 오태병원에는 오로지 일반외과 하나만 남아 있었다.

사람들은 오태병원이 원래 이곳에 있었는지조차 알지 못했고, 심지어 충칭에서 70년을 넘게 산 노인도 오태병원이 어디에 붙어 있는지 알지 못했다.

모든 것이 베일에 싸여 있는 오태병원의 입구로 구급차 한

대가 부리나케 달려왔다.

부아아아앙!

위용, 위용!

오태병원의 입구가 굳게 닫혀 있다가 구급차가 당도하자마자 재빠르게 열렸다.

철컹!

오태병원은 대략 500평 규모에 총 5층으로 이뤄져 있는데, 외벽은 이미 다 쓰러져 제 모습을 찾아볼 수조차 없었다.

그럼에도 불구하고 오태병원의 입구는 놀랍게도 자동문이 설치되어 있었다.

구급차가 도착하자마자 열 명의 의료진이 달려 나왔다.

"도착한 모양이군."

"오늘은 물건이 몇 개라고 했지?"

"통나무 5개에서 총 30개를 떼어냈다고 하더군."

"양이 꽤 많군. 이번에도 돈 좀 만지겠는데?"

"그래봐야 당문으로 다 들어가는데 우리에게 얼마나 떨어지겠어?"

"큭큭, 그래도 두당 2%씩은 떨어지니까 어지간한 월급쟁이보단 낫잖아?"

"…쓸데없이 긍정적인 사람이야."

잠시 후, 응급차의 문이 열리면서 아이스박스를 든 남자 둘이 모습을 드러냈다.

끼이이익.

하지만 그들은 상자를 하나밖에 들고 있지 않았다.

"……?"

"뭐야? 왜 상자가 하나뿐이야? 그리고 그 옆에 있는 사람은
또 누구고?"

"…받아."

오태병원은 사람의 장기를 밀매하여 다 죽어가는 사람에게
꽤 많은 웃돈을 받고 수술을 해주는 의료 기관이었다.

이곳에 외과만이 상주하고 있는 것은 밀매된 장기를 받아
서 이식수술을 해주기 때문이었다.

비공식 의료 기관이지만 이곳에 있는 의료진은 세계 최고
수준이며 심장부터 신장, 간, 안구 등 각종 장기를 이식하는
데 필요한 약물과 기구가 모두 배치되어 있었다.

그들은 주로 동북아시아에서 들어오는 장기들을 하루에 한
번씩 받아서 쓰는데, 오늘은 어쩐지 상자가 하나뿐이었던 것
이다.

"이봐, 도대체 뭐가 어떻게 된 거야? 다섯 명이라면서? 그런
데 왜 상자가 하나야?"

"…열어봐."

의료진은 의아한 듯 고개를 갸웃거렸다.

"알 수 없는 사람이군."

"그래도 한번 열어보자고."

장기를 가지고 온 브로커의 말에 따라 상자를 연 의료진은
인상을 확 찌푸렸다.

"…팔?"

"이게 뭐야?! 다 부패해서 구더기가 기어 다니고 있잖아?!"

"선물이다. 받아."

잠시 후, 브로커가 데리고 온 남자가 검을 뽑아 들었다.

쟁!

"이런 금수만도 못 한 놈들을 보았나? 네놈들은 우리 화산
이 직접 벌하여 이 세계의 질서를 바로잡겠다!"

"허, 허억!"

검을 뽑는 것만으로도 엄청난 매화 향이 풍겨났고, 그 위용
은 이곳에 있는 모두를 꼼짝하지 못하게 만들었다.

그러나 아직까지 문을 열고 안으로 들어오지 않은 사람들
은 멀쩡히 사지를 움직일 수 있었다.

"여기 괴한이 침입했어요!"

─괴한이요?

"빨리 와줘요! 검을 들고 있어요! 화산파에서 나왔대요!"

─별 미친놈을 다 보겠군. 지금 갑니다!

검을 뽑아 들고 가만히 서서 의료진을 노려보고 있던 괴한

에게 문밖의 의료진이 말했다.

"이봐요! 왜 가만히 있는 사람을 죽이려 들어요?!"

"쓰레기는 치워야 거리가 깨끗해지는 법, 분리수거도 안 되는 것들이니 죽일 수밖에 더 있나?"

"…별 미친놈들 다 보겠네. 하여간 당신은 이제 죽은 목숨이야!"

잠시 후, 굳게 닫혀 있던 안전 셔터가 열리면서 손에 검을 쥔 무인 20명이 쏟아져 나왔다.

위이이이잉!

셔터가 열림과 동시에 몸을 들이밀고 달려든 안전 요원들에게 괴한의 검이 날아들었다.

"향류천리!"

진한 매화꽃 냄새와 함께 튀어나온 발검이 나선형의 검기를 만들어냈다.

챙!

검기는 거침없이 날아가 안전 요원들의 정강이를 일렬로 베어버렸다.

서걱!

"끄아아아악!"

"꺄악! 이게 뭐야?!"

"다리몽둥이를 잘라 버렸으니 더 이상 움직일 수 없겠지."

"끄으으윽……."

"이곳에 있는 안전 요원들 모두 불러요! 어서!"

다리가 잘린 요원들이 가까스로 무전기를 잡아 이곳의 상황을 전파했다.

"여기는 A—1 구역, 요원들이 모두 쓰러졌다! 구조 바람!"

—병력이 얼마나 필요한가?

"…CCTV를 좀 봐!"

CCTV로 상황을 파악한 안전 관리부에서는 가용 가능한 요원을 죄다 투입하기로 했다.

—200명 모두 간다! 조금만 기다려!

피를 한 바가지나 흘린 요원들이지만 동료들이 자신들의 복수를 해줄 것임을 믿어 의심치 않았다.

"빌어먹을 놈! 오늘 아주 오체분시가 될 것이다!"

"그거 참 재미있겠군."

잠시 후, 정말로 200명이 넘는 안전 요원들이 검을 들고 득달같이 달려 나왔다.

"저놈을 잡아라!"

"공격!"

말보다 검이 앞서는 이들에게 괴한의 공격이 다시 한 번 이어졌다.

"암향부동화!"

거대한 매화의 문양이 검 끝에 서리더니 이내 그것이 전방으로 날아가면서 마치 부메랑처럼 사방을 휘젓기 시작했다.

촤라라라라락!

서걱!

병원 복도의 벽은 이미 피로 물들어 본래의 모습을 알아보기 힘들었고, 바닥은 선혈로 물들어 개울물처럼 피가 자박자박 밟혔다.

단 일격에 40명이 넘는 안전 요원이 쓰러져 피를 토하자 그 후위의 검이 가만있지 않았다.

"죽어라!"

붕붕붕!

내력이 조금씩 담긴 검이 한꺼번에 50개 이상 쏟아져 괴한을 덮쳤다.

하지만 그는 아주 여유롭게 검막을 쳤다.

"만화성막!"

단 일 초에 50개의 초수를 받아낸 그는 실소를 흘렸다.

까가가가강!

"허, 허억!"

"후후, 이런 무지렁이들을 안전 요원이라고 데려다 놓다니, 차라리 동네 개새끼들을 데려다 쓰는 것이 낫겠군."

"이런 미친놈을 보았나?! 뭐하나, 어서 치지 않고!"

잠시 헛물을 켠 안전 요원들이 다시 검을 들고 미친 듯이
달려 나갔다.

"와아아아아!"

"패싸움을 아주 더럽게 하는군. 뭐, 좋아. 한꺼번에 모두 다
해치워 주지."

괴한의 검이 검강을 생성하고 그것이 공중으로 떠올라 열
개로 갈라졌다.

스스스스스!

"낙매여우!"

고작 열 개의 검강이지만 그것이 하늘에서 떨어져 내렸을
때엔 땅에 재앙이 내렸다.

슝슝슝!

콰과과과광!

"끄아아악!"

"사, 살려줘!"

단 일격에 20명이 검기의 폭발에 내상을 입고 쓰러졌고, 어
떤 이들은 내장이 터져 그 자리에서 즉사하기도 했다.

간신히 공격에서 벗어난 요원들 역시 팔과 다리 중 하나는
내어주어야 할 정도로 심각한 부상을 입고 있었다.

"으윽, 으윽……."

"이봐, 모두들 괜찮나?!"

"부장님, 더 이상은 무립니다! 멀쩡한 사람들만이라도 데리고 도망치시지요!"

뒤늦게 도착해서 간신히 목숨은 건진 안전 관리부장 초지혁은 눈을 질끈 감았다.

"그래, 제기랄! 저런 괴물을 상대로 사람이 수를 쓸 수 있을리가 없다! 더군다나 저놈은 자하신공을 익혔어! 그렇지 않고서야 매화검에서 이렇게 진한 향기가 날 수 없다!"

"그래요! 갑시다!"

의료진을 포함하여 대략 15명쯤 남은 사람들은 부리나케 비상구를 열고 탈출을 시도하였다.

하지만 그들을 그대로 살려줄 괴한이 아니었다.

"괜한 짓거리들을 하는군. 오늘 이곳에서 살아나갈 수 있는 사람은 아무도 없다."

그는 바닥으로 검을 쳐서 피로 매화 모양의 암기를 만들어냈다.

터억!

매화 모양의 혈기는 괴한의 검을 맞고 총알처럼 튀어나갔다.

피융!

픽!

단 일격에 무려 열 명이나 되는 사람이 관통상을 입고 그 자리에 쓰러져 버렸다.

"끄허억!"

"시, 심장을……?!"

"남의 심장을 떼어다 팔아먹었으니 네 심장이 뚫리는 것은 당연한 일이다."

초지혁은 아직까지 자신이 살아남았다는 것에 감사하며 열심히 보법을 밟았다.

"에라, 모르겠다! 난 일단 도망치고 볼 거다!"

"부, 부장님! 저희들도 데리고 가요!"

"흥! 꺼져!"

초지혁은 자신을 붙잡으려는 의료진 네 명을 검으로 베어 버렸다.

좌락!

"끄으윽! 이런 개자식!"

"하하, 난 살아남을 것이다! 내가 모은 돈이 얼마인데!"

괴한은 마치 미꾸라지가 흙탕물을 비집고 들어가듯 아주 유연하게 보법을 밟아 초지혁의 옆까지 단숨에 달려갔다.

스으윽!

"허, 허어억! 이런 미친! 네놈이 정녕 사람이란 말이냐?!"

"사람은 사람이지. 하지만 네놈들 앞에선 악귀나 다름없다. 난 오늘 너희들의 죄를 피로서 받으러 왔다. 어차피 감옥으로 보내봤자 밥밖에 더 축내겠어? 이곳에서 형벌을 받아라!"

사내의 손에서 뻗어나온 자색 기운이 초지혁의 뇌로 들어가 뇌압을 상승시키기 시작했다.

끼기기기기긱!

"어, 어허허허……!"

"뇌가 녹아 없어질 것이다. 자하신공에 맞아서 뇌가 녹아 없어져 죽으니 신세계를 보여준 셈이지. 네놈에겐 과분한 죽음이다."

잠시 후, 초지혁의 뇌가 서서히 녹아 코를 타고 흘러내리기 시작했다.

"쿨럭쿨럭!"

"서서히 죽어라. 그럼 난 간다."

괴한은 덩그러니 살아남아 있는 브로커에게 말했다.

"공안을 불러라. 그리고 네가 저지른 죄에 대해 모두 자백해라. 그럼 살 수 있을 것이다."

"아, 알겠습니다!"

"하지만 만약 네놈이 헛소리를 지껄인다거나 죄를 뉘우치지 않는다면 지구 끝까지 쫓아가 반신불수를 만들어주겠다. 병신 꼬라지로 사막에서 말라 죽지 않으려면 잘하는 것이 신상에 이로워."

"무, 물론입니다!"

이윽고 홀로 남은 브로커는 그 자리에 털썩 주저앉고 말았다.

"귀, 귀신이다. 저 인간은 사람이 아니야."

그는 스스로 공안에 신고하여 사건 현장으로 요원들을 불렀다.

*　　　*　　　*

중국 공안 소속 왕찬중 부장은 바로 오늘 오전에 일어난 끔찍한 살인 사건 현장을 조사하는 중이다.

찰칵, 찰칵!

공안은 병원 복도가 그야말로 혈천으로 변해 있는데 경악하였고, 사방에서 피 냄새에 섞여 매화 향기가 진동한다는 것에 다시 한 번 놀랐다.

한창 현장 사진을 찍던 감식반이 고개를 가로저었다.

"…지독한 놈입니다. 도무지 한 사람이 저지른 일이라곤 도저히 믿기지가 않아요."

"그러게 말이야. 제아무리 무공의 절대 고수라고 해도 이렇게까지 피바다를 만들 수는 없을 거야."

왕찬중은 부하 직원들에게 내린 지시 사항을 확인했다.

"화산그룹에 연락은 해놓았나?"

"예, 부장님. 이제 곧 화산그룹에서 사람이 올 겁니다."

"…후우, 이것 참, 도대체 이게 무슨 난리람?"

"누군가 자경단을 자처한 것은 아닐까요?"

"자경단?"

깊은 고민에 빠져 있던 왕찬중에게 부하 직원들이 자경단에 대한 얘기를 꺼내놓았다.

"죽은 사람들의 신원을 조회해 보니 모두 장기 밀매 혐의로 경찰과 인터폴의 추격을 받고 있었습니다. 아무래도 누군가 장기 밀매로 가족이나 친구를 잃고 그 복수심에 자경단을 자처한 것은 아닌가 싶습니다."

"정말 이 사람들이 모두 지명수배자였어?"

"예, 부장님. 전부 다 살해 혐의와 장기 밀매 혐의를 받고 있습니다."

"흐음……."

의술을 전공한 전문의부터 장기를 떼어내 밀매한 브로커, 심지어 이곳을 지키던 안전 요원들까지 전부 지명수배자였던 것이다.

왕찬중은 찝찝한 마음을 감출 수가 없었다.

"혹시 배후 세력이 시설을 정리하고자 꼼수를 쓴 것은 아닐까? 일부러 화산그룹을 가장하여 멸구를 한 것이지."

"하지만 그렇다고 하기엔 실력이 너무 좋습니다. 이렇게 무지막지한 매화검을 펼칠 수 있는 사람이 도대체 얼마나 되겠어요?"

중국의 공안은 무인 세력 간의 싸움을 아주 오래도록 지켜봐 왔기 때문에 그들의 특성에 대해 너무나도 잘 알고 있었다.

더군다나 무인 세력 중에서 경찰, 공안으로 전향한 사례도 꽤 많아서 각 문파의 무공까지 대략적으로 파악하고 있었다.

왕찬중은 자신이 지금까지 보아온 매화검 중에서 이번 살인 사건이 단연 최고라고 생각했다.

'혹시 회장 일가와 관련이 있는 건가?'

잠시 후, 화산그룹의 중역 중에서 마케팅 영업이사 레이 라이언이 현장을 찾아왔다.

레이 라이언은 입구에서부터 투덜거리면서 들어왔다.

"이게 다 뭐야? 도대체 어떤 미친놈이 이런 짓을 한 거야?"

"오셨습니까?"

"이곳의 책임자입니까?"

"네, 그렇습니다. 왕찬중 부장이라고 합니다."

처음엔 왕찬중에 대해서 잘 모르는 것처럼 굴더니 그 이름을 듣고는 단박에 정체를 알아챈 레이 라이언이다.

"아하, 그쪽이 바로 그 유명한 왕찬중 부장이시군. 반갑습니다. 레이 라이언입니다."

"명성은 익히 들었습니다. 바쁘실 텐데 이렇게 오시게 해 죄송하게 되었습니다."

"아닙니다. 이런 무지막지한 현장을 그냥 지나칠 수는 없지요. 우리 사문의 무공을 사칭하다니, 간이 배 밖으로 튀어나온 놈이로군."

왕찬중은 레이 라이언에게 CCTV화면에 잡힌 범인의 실루엣을 보여주며 물었다.

"이런 사람이 살해를 저질렀답니다. 혹시 감이 잡히는 사람이 있으십니까?"

"으음, 글쎄요. 이런 체격은 무인들 중에 워낙 흔해서 말입니다."

"아니, 제 말씀은 중역 중에서 이런 체구를 가진 사람이 있느냐고 묻는 겁니다."

순간, 레이 라이언이 인상을 와락 찌푸렸다.

"그게 무슨 말씀이십니까? 중역이라니요? 지금 우리 화산그룹의 고고한 검객들을 우롱하는 겁니까?"

"아니요, 그게 아닙니다. 그저 이 괴물이 흩뿌리고 다닌 검이 보통은 아닌 것 같아서요. 제가 비록 전문가는 아닙니다만 공안에서 생활하며 비슷한 사건을 수도 없이 보아왔습니다. 그런데 이렇게 진한 매화 향기는 단언컨대 처음입니다."

"……."

"기분이 나쁘다는 것은 알고 있습니다만, 이사님께서 한번 보시죠. 이런 미친 검술 실력을 가진 사람이 얼마나 되겠습니까?"

아직도 코끝을 찌르는 매화 향기에 레이 라이언은 입을 꾹 다물고 말았다.

"라이언 이사님께서 만약 저희들에게 협조해 주지 않겠다면 화산그룹 전체를 조사하는 수밖에 없습니다."

"지금 나를 협박하는 겁니까?"

"아니요, 최선책을 말씀드리는 겁니다."

레이 라이언은 어쩔 수 없이 왕찬중에게 자신의 개인 명함을 건넬 수밖에 없었다.

"…제 비서실 직통 번호입니다. 나름대로 알아보고 연락을 드리지요."

"고맙습니다."

이윽고 그는 인사도 없이 돌아섰고, 왕찬중은 씁쓸한 얼굴로 침을 뱉었다.

"퉤! 하여간 무인 놈들은 싸가지도 더럽게 없어. 검 좀 배웠다고 사람을 아주 호구로 본다니까."

"그래도 어쩌겠습니까? 정부에서 엎드려 절을 하면서 모셔가는 놈들인데요."

"더러운 세상이군. 나도 어려서부터 검이나 배워둘 것을 그랬어."

"후후, 어중이떠중이는 던전에서 고기 방패 노릇이나 하다 죽습니다. 잘 아시잖아요?"

"쿵, 그건 그렇지."

"아무튼 빨리 주변 정리하고 현장 유지를 시작하시죠."

"그래."

왕찬중은 이곳에 폴리스라인을 치고 본격적으로 수사를 벌이기로 했다.

*   *   *

충청의 뒷골목 술집 '나비'에 레이 라이언이 자리를 잡고 앉았다.

그는 술집 바에 앉은 여자에게 팁을 건네며 물었다.

"술 한잔 줄 수 있나?"

"잠시만 기다리시지요. 그분께서 곧 오실 겁니다."

"알겠네."

레이는 머리가 지끈거리는 듯 자꾸만 관자놀이를 주물러댔다.

"후우, 머리가 너무 아프군."

"많은 일이 있었으니까 그럴 수도 있겠군요."

"그나저나 문주께선 언제쯤 오시는 건가?"

"오셨네요."

"……?"

고개를 갸웃거리는 레이의 왼쪽에는 어느새 한 소녀가 앉아 있다.

그녀의 눈동자는 레몬색으로 빛나고 있고 머리색은 회색으로 진하게 바래져 있다.

"…문, 문주님?!"

"오래 기다리셨습니까?"

"아, 아닙니다."

레이 라이언은 등줄기를 타고 흘러내리는 식은땀을 느꼈다.

'대단하다. 이 어린 나이에 나를 암살하고도 남을 공력이라니, 도대체 당문은 무슨 전승비기를 얻은 것일까?'

지금으로부터 20년 전, 당문은 사라진 가문의 전승비기를 얻어 희대의 독공을 만들어냈다. 하지만 전 문주가 독을 내공으로 다스리지 못하고 떠난 후 그 전승비기는 몇 년간 명맥이 끊어졌다.

그러나 하늘이 도왔는지 현 문주인 당희윤이 천하에 다시 없을 재능을 타고 태어났다.

그녀는 블랙맘바 10만 마리의 독을 혈액에 담아둘 수 있을 정도로 강한 독의 내성을 가지고 있었으며, 당문의 전승비기인 만독지공을 배운 즉시 연공하기 시작하였다.

당희윤은 일곱 살이 되던 해부터 독사와 지네가 들끓는 독무더기에 들어가 혹독한 수련을 거쳐 지금의 경지에 이르게 된 것이다.

비록 나이는 열여덟에 불과하지만 그 공력은 현경의 고수 부럽지 않을 정도였다.

만독지공을 이 정도까지 연성한 사람은 당문의 모든 문주를 통틀어 그녀 한 명뿐이며, 앞으로도 그녀를 뛰어넘을 사람은 다시 나타나지 않을 것이다.

이제 18년밖에 살지 않은 그녀의 나이를 생각한다면 앞으로의 성취가 과연 어디까지일지 아무도 예상할 수 없었다.

그러니 예나 지금이나 미래에나 그녀를 뛰어넘을 사람은 있을 수가 없었다.

아주 조용하고 차분하며 냉정하기까지 한 그녀의 성격은 당문의 수장으로서도 아주 제격이었다.

"듣자 하니 매화검에 우리 자금줄이 타격을 받았다고 하던데 어떻게 된 겁니까?"

"그건 오해입니다. 화산파에선 그런 명령을 내린 적도 없고 그런 무지막지한 미친놈도 없습니다."

"…그럼 매화검법은 물론이고 자하신공까지 사용하는 것은 어떻게 설명하실 겁니까?"

"으, 으음."

레이는 자신의 한마디에 목이 달아날 수도 있겠다고 생각했다.

'매번 느끼는 것이지만 이 꼬맹이의 몸에선 형언할 수 없는 공포가 피어나는 것 같아. 그녀는 작은 악마다. 악마가 아니고서야……'

적당히 둘러댔다간 심장이 녹아버릴 것을 잘 알고 있으니 레이는 적당한 말이 생각날 때까지 입을 다물기로 했다.

그러나 그것은 당희윤의 심기를 더욱 날카롭게 만드는 일이 되었다.

그녀는 자신의 앞에 놓여 있는 텀블러를 독공으로 녹여 버렸다.

츠츠츠츠츠츠!

당문의 전승비기가 무서운 점은 내공을 통하여 뿜어져 나오는 모든 외공에 세상에서 가장 강력한 강산성 물질이 녹아들어 있다는 점이다.

더군다나 그 강산성 물질에는 블랙맘바 맹독의 무려 150배에 달하는 독성 물질이 들어 있었다.

그러니까 그녀가 마음만 먹으면 저 텀블러처럼 레이 라이언을 녹여서 죽일 수도 있다는 소리였다.

뚝, 뚝, 뚝.

흐물흐물한 물로 변해 버린 텀블러를 바라보며 레이가 황급히 입을 열었다.

"다, 다시는 이런 일이 없도록 하겠습니다! 화산파를 사칭하는 놈들을 잡아내어 문주님의 심기를 다시 안정시켜 드리겠습니다!"

"…그래요. 말은 속으로 씹어 삼키는 것도, 그렇다고 뒤로 돌리는 것도 아닙니다. 내뱉는 것이지요."

"예……."

"아무튼 함께 일하기로 했으면 제대로 처리해 주십시오. 다음번에는 저 역시 가만있지 않을 겁니다."

"알겠습니다. 조심에 또 조심을 기하겠습니다."

그녀는 마지막엔 대꾸도 없이 다시 어둠 속으로 녹아들어 사라져 갔다.

그제야 레이의 몸이 안심하며 스르르 무너져 내렸다.

"흐어어……!"

"이제야 숨통이 좀 트이시나요?"

"…술 한 잔 줘."

"네, 그럴게요."

레이에게 술이 한 잔 넘겨질 때, 그의 전화기가 요란하게 울렸다.

따르르르르릉, 드르르르르륵!

진동과 벨이 함께 울리는 것은 핫라인으로 긴급 전화가 왔을 때뿐이다.

순간, 그는 뭔가 좋지 않은 예감이 들었다.

'…어쩐지 전화를 받기가 싫어지는데?'

레이가 전화기를 앞에 두고 망설이자, 바텐더가 도움을 주었다.

"받을까요?"

"…응."

하나 그녀는 전화를 받자마자 심각한 표정으로 수화기를 반대로 돌렸다.

"…큰일이 난 것 같은데요?"

"제기랄."

결국 레이는 전화를 받았고, 그는 그녀와 비슷한 표정을 지었다.

'난 끝이다.'

그는 술집을 박차고 충청 외곽에 있는 작은 마을로 향했다.

*　　　*　　　*

충청 외곽의 작은 마을 '쉐이린'에 때 아닌 난리가 나 있다.

마을에 있는 가옥은 전부 무너져 내려 그 형체를 알아보기 힘들었고, 마을의 오솔길에는 사람의 것으로 보이는 선혈이 낭자해 있었다.

그 중심에 선 사람은 다름 아닌 태하였다.

"설마하니 마을 전체가 마약 제조 공장이었다니 믿을 수가 없군."

"이런 것을 유통시키기 위해 소년과 소녀들을 납치해서 감금시켰다니, 기가 막힐 노릇이네요."

당문의 인신매매 단체는 장기 밀매만 자행하는 것이 아니었다.

집을 나와 떠도는 가출 청소년들을 꼬드겨 중국행 배에 태운 후 이곳 마약 공장으로 데리고 와서 강제 노역을 시킨 것이다.

그들은 한국, 중국, 일본, 대만 등 동북아시아의 각 지역을 돌아다니면서 집을 나와 가출 상태에 있는 소년 소녀들을 납치하였다.

요즘 중국 유커들의 씀씀이가 커지면서 특히나 한국에선 중국인 관광객들을 유치하기 위한 경쟁이 치열했다.

그러니 유커들은 여행사를 끼고 입국하면 신분이 다소 불확실해도 전부 무사 통과였다.

반대로 일본과 대만, 중국에선 한국의 K-POP을 구경시켜 준다면서 가짜 아이돌 투어로 소녀들을 꾀어냈다.

한마디로 이들은 사람의 심리를 교묘히 이용하여 장사를 하고 있었던 것이다.

태하는 이 마을에서 무려 500명이 넘는 가출 청소년들을 구해냈다.

소년과 소녀들을 구해내는 과정에서 당문의 조직원 90명을 사살하고 10명에게 치명적인 부상을 입혔다.

이곳에 억압되어 있던 청소년들은 태하에게 연신 울음 섞인 소리를 냈다.

"흑흑, 아저씨! 이젠 집에 갈 수 있는 거죠?! 그렇죠?!"

"물론이지. 이제 곧 경찰이 들이닥칠 거야. 그들을 따라서 집으로 돌아가거라."

"…하지만 부모님께서 알면 저희들을 때려죽이려 드실 텐데요?"

"그래, 확실히 그럴지도 모르지. 부모님께 붙잡혀 근신을 당하고 용돈이 끊길지도 몰라. 하지만 이곳에서 몹쓸 짓을 당하는 것보다는 훨씬 낫지 않을까?"

"하긴 그래요."

소녀들은 이곳에서 마약만 제조하는 것이 아니라 조직원들의 성노예로 끌려가 주기적으로 성폭행을 당하기도 했다.

이러한 사정은 소년들 역시 마찬가지였는데, 변태 성향을 가진 남자나 여자들에게 돈을 받고 가학성 행위 매춘을 하기도 했다.

아침부터 저녁까지 마스크도 안 쓰고 마약을 제조하다가 밤이 되면 성노로 끌려가 모진 고초를 겪은 것이다.

태하는 당문의 사업이라는 것들이 하나같이 사람의 탈을 쓰곤 할 수 없는 것이라고 생각했다.

"이 집단은 없어져야 한다. 아무리 가문의 부활이 중요해도 이건 정도가 지나쳐."

"그러게 말입니다. 사회의 암적인 존재들이군요."

그는 오늘도 몇몇 조직원을 살려두어 스스로 경찰들을 부르게 하고 당문에 미끼를 던졌다.

"우리 화산은 너희들과 같은 잡것들을 그냥 살려두지 않을 것이다."

"…쿨럭쿨럭! 이런 빌어먹을, 도대체 우리가 너희 화산에게 무슨 잘못을 저질렀다고 이러는 것이냐?!"

"그건 무당파에게 물어봐라."

"……?"

"무당파가 가장 잘 아는 사실이다."

"…죽을 때 죽더라도 이름이나 알고 죽자. 네놈은 화산의 어떤 놈이냐?"

"조 씨다. 그것만 알고 있어."

태하는 경찰이 도착할 때쯤 마을에서 자취를 감추었다.

제8장
끄나풀 전쟁

이른 새벽, 상하이 와이탄 앞을 굽이치는 황푸 강변에 레이 라이언과 한 여인이 서 있다.

그녀는 눈이 옆으로 쭉 찢어져 다소 표독스러운 느낌이 풍기는 인상이었다.

무당그룹 사외이사 조정민의 날카로운 말투가 레이를 향했다.

"…당신 미쳤어요? 넘겨짚을 것이 없어서 나를 지목해요? 정신이 어떻게 된 것 아닌가요?"

"그럼 당신이 아니면 누구란 말입니까? 무당에서 이 일에 참여한 사람이 당신 말고 또 있어요?"

"다짜고짜 조질 일인가요? 당신이 무슨 형사예요?"

"나도 들은 말이 있어서 이러는 것 아닙니까?"

"무슨 말이요?"

"그놈이 말하길, 무당에게 물어보라고 했답니다."

"그걸 지금 증거라고 들이미는 건가요? 당신 바보예요?"

"더군다나 쉐이린 마을의 유무에 대해서 아는 사람은 당신과 나 둘뿐입니다. 아닌가요?"

"흥! 그렇다면 당신도 용의선상에 있는 것 아닌가요?!"

"……"

"아무튼 사람 열 받게 하는 데엔 도가 튼 사람이라니까!"

한바탕 언성을 높이던 두 사람은 이제 슬슬 차분하게 기분을 가라앉히기로 했다.

"일단 싸우지 말고 생각을 모아봅시다."

"무슨 생각? 난 결백해요."

"그건 당신 생각이고 문주의 생각은 그렇지 않을 겁니다."

"…제기랄."

사문의 도움 없이 당문을 이긴다는 것은 어떻게 생각해도 말이 안 되는 소리였다.

다른 것은 다 집어치우고 문주 한 명을 당해내지 못하는데 싸움이 될 턱이 없었다.

"지금은 머리를 굴릴 때입니다. 우리 둘 말고 또 짐작 가는 사람 없어요?"

"으음……."

두 사람의 입장에서 본다면 그 '조가괴협'이라 불리는 놈의 정체보다는 정보를 제공하는 사람의 정체에 대해서 파악하는 것이 중요했다.

순간, 그녀가 무릎을 쳤다.

"아하! 한 명 있어요!"

"누굽니까?"

"AM그룹의 포선혜요!"

"포선혜? 그녀가 원래 말이 많기는 하지요."

"많기만 한가요? 뒤에서 호박씨를 얼마나 까고 다니는데요. 더군다나 그녀는 갖고 싶은 것이 있으면 무조건 가져야 하는 성미예요. 알잖아요? 얼마나 이간질을 잘하는지."

"으음……."

포선혜는 AM그룹의 장문인에게 직접 무공을 사사해 꽤 고강한 성취를 이루었지만 질투심과 소유욕이 강하고 이간질을 잘하는 것이 흠이었다.

특히나 남자에 대한 집착이 심해서 자신이 갖고 싶은 남자가 있으면 무조건 가져야 하는 성미였다.

최근에 포선혜는 자신의 연애 때문에 그룹과 그룹 사이를 이간질하여 파문 직전까지 간 전적이 있었다.

"아시잖아요? 그녀가 왜 이 일에 끼어들었는지. 장문 백을 등에 업고도 질투심에 눈이 멀어서 그 지경이 되었잖아요."

"그래요, 가장 신빙성이 있군요."

두 사람이 한창 포선혜에 대한 혐의를 굳혀가고 있을 무렵, 또 다른 비보가 날아들었다.

드르르르륵!

레이 라이언의 전화로 문자메시지가 한 통 날아왔다.

칭타오 최성회가 초토화되었습니다. 지금 당장 칭타오로 오시는 것이 좋겠습니다.

순간, 그는 핸드폰을 집어 던질 뻔했다.

"이런 빌어먹을! 이번에는 마약의 판매책을 쳐버렸군요!"

"뭐, 뭐요?!"

"제기랄, 이렇게 가만히 앉아 있다간 정말로 우리의 목숨줄이 끊어지겠는데요?!"

"…일단 한번 가봐요. 어떻게 된 것인지 알고는 있어야 할 것 아닌가요?"

"그럽시다."

두 사람은 공항을 통하여 칭타오로 향했다.

*　　　　*　　　　*

칭타오의 최성회는 동북아시아는 물론이고 전 세계에 걸쳐 마약 유통망을 구축하고 있는 글로벌 범죄 집단이다.

그들은 일반인과 차별된 조직원들의 무력을 앞세워 세력을 넓혀나갔고, 지금은 러시아 마피아를 뛰어넘는 영향력을 가지고 있다고도 평가 받는다.

그런 그들의 상징과도 같은 건물이 바로 CLK빌딩인데, 이곳이 조가괴협에게 초토화된 것이다.

최성회의 조직원이 무려 300명이나 모여 있었고 그 밖에 일반 경호원이 200명이나 되었는데 이런 일이 벌어졌다는 것은 상식적으로 도저히 불가능한 일이었다.

조가괴협은 검 한 자루로 무려 500명이 넘는 사람들을 베고 달랑 10명만 남기는 기행을 벌인 것이다.

한창 조사가 진행 중인 CLK빌딩으로 들어선 레이 라이언은 참고인 신분으로 이곳에 왔다.

사건을 담당한 공안의 왕찬중 부장은 이 조가괴협이라는 사람의 이름에 대해 의문을 가졌다.

"그룹 내에 조 씨 성을 가진 이사가 총 네 명인데 알리바이가 묘연하더군요."

"……."

"설명을 좀 해주시죠."

"그에 대해선 저도 모르겠습니다. 차라리 그들에게 직접 물어보시지요."

"정말 그래도 되겠습니까?"

"마음대로 하십시오."

이젠 될 대로 되라는 식으로 말을 던진 레이 라이언은 응급차에 실린 채 경찰의 조사를 받고 있는 남자에게로 다가갔다.

그는 이제 막 경찰과의 면담을 끝내고 병원으로 가려는 참이었다.

"잠시만요."

"뭡니까?"

"저는 화산그룹에서 왔습니다."

사내는 그를 바라보며 이를 악물었다.

"이런 씨발 놈들! 도대체 우리가 뭘 그리 잘못했다고 이 지랄을 떠는 거냐?! 너희들은 그렇게 깨끗해?! 털어서 먼지 한 톨 안 떨어지냐고!"

"…우리와는 상관없는 일입니다."

"그럼 어떻게 화산의 무공을 쓰는 건데?! 주둥이가 달려 있으면 말이나 한번 해봐!"

"……."

그는 마지막으로 그에게 단서에 대해서 물었다.

"놈이 무슨 말을 하지는 않던가요?"

"그걸 당신이 알아서 뭐 하게?"

"우리도 최소한의 정보는 있어야 그의 정체에 대해 수소문할 것이 아닙니까?"

"이 사건은 AM그룹으로부터 비롯된 것이라고 하더군."

"AM?"

고대 아미파의 후손들이 세운 AM그룹은 중국 남부에선 세력권이 가장 큰 그룹 중 하나이다.

그는 AM그룹이라는 소리를 듣자마자 한 사람을 떠올렸다.

'이런 빌어먹을 포가 년, 이젠 별 미친 짓을 다 벌이고 다니는군!'

이보다 더 심증이 굳어지는 일은 없을 것이다.

"아무튼 치료 잘 받으십시오. 이번 일은 안됐습니다."

"……"

그는 AM그룹의 본사가 있는 광저우로 향했다.

*   *   *

이른 아침, 태하와 청림이 광저우의 '에니엘 파이낸셜' 앞에서 있다.

태하는 최성에게서 받은 비밀 장부에서 거의 마지막 부분에 있는 에니엘 파이낸셜의 정보에 대해서 살펴보았다.

에니엘 파이낸셜: 자본금—25억 달러. 총 사원 수 4,500명. 계열사—에덴캐쉬, 네넨스 저축은행, 사랑으로 대부, 에니엘 캐피탈, 에니엘 투자, 에니엘 에셋, 에니엘 시스템, 에니엘 투 심금융…….

한화로 환산하면 자본금이 2조 5천억이 넘는다는 소리인데, 이 정도 거대 금융을 운영할 정도라면 그 기반 사업이 얼마나 광범위한지 잘 알 수 있다.

당문은 지금까지 자신들이 일궈온 사업체에서 나온 돈을 대부업체에 투자하여 지금의 에니엘 파이낸셜그룹을 설립한 것이다.

정식정인 명칭은 에니엘 파이낸셜 서비스 그룹으로, 사채에 관련된 모든 사업을 진행 중에 있었다.

그러나 중국 화남의 소액 대출 시장 지분율이 거의 50%에 이를 정도로 엄청난 파급력을 갖춘 에니엘 파이낸셜이기에 현재 2조 5천억의 규모는 거의 허구라 할 수 있었다.

중국 화남지방은 베이징, 상하이에 이어 3 대 도시로 손꼽히는 무역 교두보 광저우를 포함하고 있는 데다 그 주변의 해안 도시들의 자본 규모는 상상 이상이기 때문이다.

더군다나 에니엘 파이낸셜은 흑사회와 마피아들의 검은돈을 유통시키고 세탁하는 기업이기 때문에 비공식적인 자본 규모는 그에 두세 배쯤 될 것이다.

총 26층으로 되어 있는 에니엘 빌딩의 입구에 녹색 정장을 입은 사내들이 떼로 몰려 있다.

"당문의 조직원들인 모양이군."

"어떻게 하실 건가요?"

"어떻게 하긴, 벌집에 들어왔으니 벌집을 쑤셔줘야지."

태하는 손을 뻗어 인령진을 전개했다.

스스스스!

그의 손을 타고 흘러내린 인령진이 태하의 머릿속에 있는 형상대로 변하였다.

금강석 인형들은 모두 하나같이 붉은색 정장에 복면을 쓴 남자들로 변신하여 태하의 뒤로 도열했다.

척!

정확하게 열을 맞춘 금강석 인형들은 태하를 따라서 에니엘 파이낸셜 안으로 들어섰다.

―깡, 깡!

걸을 때마다 특유의 마찰음이 들리긴 했지만 신경에 거슬릴 정도는 아니었다.

당문의 조직원들이 날카로운 미소로 태하를 맞이했다.

"손님, 어떻게 오셨지요?"

"대부업체에 뭐 하러 왔겠어? 돈 빌리러 왔지."

"하하, 그렇다면 굳이 이렇게 많은 분들을 대동하실 필요가……."

"이 사람들도 모두 돈 빌릴 건데?"

"…그렇군요."

대부업체는 돈을 빌려줄 때엔 사람 좋고 친절해 보이지만 이해관계가 얽히기 시작하면 앞뒤 안 가리는 무식쟁이가 된다.

일단 지금의 태하는 그들과 이해관계가 얽히지 않았기 때문에 서비스 마인드가 넘치는 미소를 짓고 있었다.

하지만 280명이 똑같이 붉은색 정장을 입고 복면을 쓴 것은 누가 봐도 수상한 그림이다.

"죄송합니다만, 신분증을 좀 볼 수 있겠습니까?"

"그건 돈을 빌릴 때 보여주면 되는 것 아닌가?"

"그래도 이렇게 많은 인원을 수용하자면 저희들도 대비책이 필요해서요."

"사람이 사람을 만나는 데 대비책이 필요한가?"

"…신분증을 보여주시지요."

바보가 아닌 이상에야 태하의 등장이 자신들에게 위해가 될 것쯤은 너무나 잘 알고 있을 것이다.

그는 이제 더 이상 대화로 해결되지 않을 것이라고 판단했다.

"일단 건물 밖으로 나가주시지요. 그곳에서 신분증을 확인한 후에 들여보내 드리겠습니다."

"싫다면?"

"경찰을 부르겠습니다."

"하하, 경찰? 그래, 불러. 경찰 한번 불러봐. 아주 난장판을 만들어줄 테니까."

"……"

지금 이곳에는 수많은 민간인 채권자들이 돌아다니고 있기 때문에 이런 마찰이 일어나는 것은 회사 입장에서도 아주 좋지 않은 일이다.

"…자꾸 이러시면 곤란합니다. 그럼 우리도 가만히 있지는 않을 겁니다."

"오호, 손님을 다짜고짜 두들겨 패겠다?"

"손님도 손님 나름입니다. 이렇게 난리를 피우는 사람은 정리해야 할 불청객일 뿐이지요."

"큭큭, 힘을 써서 우리를 제압하겠다면 그렇게 해보시든가."

순간, 태하의 손에서 탄지공이 쏘아져 앞선 사내의 오른쪽 가슴을 뚫고 지나갔다.

퍼억!

심장을 비켜나간 탄지공이긴 하지만 일격에 피가 분수처럼 튀어 올랐다.

푸하아아악!

"크허어억!"

"꺄아아아아악!"

"싸, 싸움이다! 싸움이 일어났다고!"

"자, 이제 어떻게 나올 것인가? 아주 궁금해지는군."

"…싸움을 걸었으면 그에 맞게 응수해 줘야지!"

잠시 후, 지하에서 500명이 넘는 사내들이 쏟아져 나왔다.

우르르르르!

"개떼도 아니고 아주 볼 만하구나."

"미치려면 곱게 미치던지, 왜 가만히 있는 멀쩡한 사람을 건드리나?"

500명의 조직원들 앞에 선 사내의 몸에선 제법 고강한 내공이 느껴졌다.

'지금까지 내가 보아온 당문의 하수인들 중에선 가장 강력한 내공이 느껴진다. 그래, 이 정도 인재는 가지고 있어야 사채를 돌리지.'

그는 태하의 앞에서 골본도를 뽑아 들었다.

스릉!

자색의 검신 사이사이에 반짝거리는 다이아몬드가 박혀 있어 일반적인 골본도에 비해 내구성이 뛰어나 보였다.

골본도는 일반적인 검에 비해 내구성이 낮다는 점에서 생존의 무기로 적합하지 않았지만 사람을 죽일 때엔 꽤 효율적이었다.

태하는 먼저 그의 목덜미에 매화검을 밀어 넣었다.

"매화낙섬!"

매화의 절개가 담긴 검신이 앞으로 곧게 뻗어 나갔다가 굽이쳐 아래로 뚝 떨어져 내렸다.

사내는 황급히 골본도를 채찍처럼 휘둘러 그의 일검을 막아냈다.

휘릭!

태하는 찰나의 순간에 그의 품으로 파고들어 매화난만의 십 검을 찔러댔다.

"매화난만!"

마치 송곳처럼 날카롭고 위협적으로 쇄도해 들어온 태하는 검은 사내의 어깨와 허벅지에 상처를 냈다.

푸욱!

"끄윽!"

하지만 그는 어깨와 허벅지를 내어주고 곧장 신형을 뒤로 물려 목숨을 구했다.

사내의 피가 흰색 와이셔츠를 붉게 물들여 사방으로 비릿한 피 냄새가 진동했다.

'독공을 익혔군.'

독무공을 익힌 사람들의 특징은 피에서 강렬한 독향이 풍긴다는 것인데, 독향은 일반인이 맡기엔 그저 화장실에서 나는 악취에 불과하다.

그 지독함이 진할수록 내공이 고강한 법인데, 이 남자의 냄새는 농축된 암모니아 수준이었다.

"굳이 피를 봐야겠다면 어쩔 수 없지!"

스스스스스!

마치 지네처럼 꿈틀거리며 굽이친 사내의 검이 검붉은 진기를 뿜어냈다.

"생사독결!"

살아서 움직이는 지네처럼 빠르고 기민하게 움직인 사내의 검은 태하를 물어뜯기 위해 미친 듯이 대가리를 흔들어댔다.

쉬익, 쉬익!

태하는 그것을 일격에 쳐냈다.

"오매쟁속!"

초식과 초식이 싸우는 형국의 오매쟁속은 단숨에 골본도를 쳐낼 검막을 펼쳐냈다.

태하는 오매쟁속의 마지막에 향류천리의 검기를 발검했다.

촤락!

거대한 발검이 쏟아져 나가면서 사내의 골본도를 밀어내 그를 쓰러뜨려 버렸다.

끼기기기기기긱!

콰!

"크헉!"

"내공이 만만치 않은 놈이군. 하지만 그래 봤자 사마외공을 익힌 나부랭이에 불과하지. 이쯤에서 멈추고 순순히 꺼질 것이냐, 아니면 죽을 때까지 해볼 테냐?"

"……"

명색이 검을 잡은 무인이 자존심을 굽히는 것은 상상할 수도 없는 치욕이다.

그는 이를 악물었다.

"빌어먹을 놈 같으니, 웬 불한당인지는 몰라도 이 자리에서 숨통을 끊어주마!"

사내의 골본도는 소용돌이처럼 회전하며 독공의 쐐기를 만들어냈다.

휘이이이이잉!

"죽어라!"

그의 모든 내공이 담긴 검이 태하의 면전까지 날아들었다.

쐐애애앵!

그러나 태하는 그것을 아주 교묘히 옆으로 흘려 버렸다.

"매화구변!"

아홉 번 변하는 매화의 꽃망울이 터져 이파리가 떨어져 내리듯 태하의 검이 순식간에 아래로 떨어지며 독의 쐐기를 옆으로 치워냈다.

까앙!

그는 쐐기를 쳐내자마자 곧장 일 검을 뻗어 다리를 베어버렸다.

서걱!

"크으윽!"

"네놈은 나의 상대가 되지 않는다. 동맥을 그어버렸으니 지금 치료 받지 않으면 과다 출혈로 죽을 것이다."

"…제기랄!"

동맥이 잘리는 바람에 혈도가 막혀 버린 사내는 그 자리에서 일어서지도 못한 채 연신 기침만 내뱉어댔다.

그의 부하들이 황급히 사내의 주변을 감쌌다.

"이사님, 더 이상은 무리입니다! 저놈은 저희들이 처리하겠습니다!"

"크윽! 빌어먹을!"

어쩔 수 없이 물러나는 그를 바라보며 태하는 실소를 흘렸다.

"후후, 그래 봤자 어차피 죽을 텐데 뭘 피하느라 고생이람?"

"…이런 개자식, 가만 내버려 두지 않겠다!"

"덤벼라. 싸움은 한꺼번에 덤벼 빨리 끝날수록 좋은 법이니까."

태하가 검을 다시 고쳐 잡을 때, 하늘에서부터 자색 섬광이 떨어져 내렸다.

파밧!

쾅!

그는 화들짝 놀라며 뒤로 걸음을 물렸다.

"……!"

"이쯤 하고 그만 물러들 가시죠."

태하는 그의 얼굴을 똑똑히 기억하고 있었다.

'…당남성!'

그는 두 형제와 함께 태하를 선실에 버리고 도망간 악인의 얼굴을 또렷이 기억하고 있었다.

순간, 그의 심장에서부터 미칠 듯한 분노가 들끓기 시작했다.

스스스스스스!

청림은 그의 어깨에 손을 올렸다.

"오라버니, 아직은 안 됩니다. 미끼를 덜 물었어요."

"……."

그는 일단 당남성을 살려주고 레이 라이언이 올 때까지 기다리기로 했다.

* * *

AM그룹의 재무이사 포선혜는 자신을 찾는 레이 라이언의 전화를 무시한 채 낮잠을 자고 있었다.

"쿠울……."

따르르르르릉!

아무리 큰 소리가 들려와도 그녀는 아랑곳하지 않고 사무실에서 떡하니 잠을 청하고 있었다.

듣다 못한 비서실에서 찾아와 그녀를 깨웠다.

"이사님, 레이 라이언 씨로부터 자꾸 전화가 옵니다. 이젠 업무를 볼 수 없을 지경이에요."

"…꺼지라고 그래. 그깟 사짜 말코도사가 뭐 그리 중요하다고?"

"그렇지만 방해를 해도 너무합니다. 이대론 업무가 마비될 지경이라니까요."

"그거야 너희들 사정이지. 난 잘 테니까 제발 깨우지 마. 검을 뽑고 싶으니까."

"……."

평소 업무에 대한 태만이 하늘을 찌를 정도로 게으른 그녀에게 레이 라이언의 전화는 쓰레기보다 못한 것이었다.

그녀는 부족한 잠을 보충하기 위해 아예 전화기의 전원을 꺼버렸다.

서걱!

검으로 전원 줄을 끊어버린 그녀는 만족스러운 표정으로 다시 잠에 빠져들었다.

"홈냥······."

포선혜가 잠에 빠져들려던 찰나, 비서실 문이 거칠게 열렸다.

콰앙!

"포선혜 씨! 안에 있는 것 다 압니다!"

"이봐요, 포 씨 아줌마! 자꾸 숨을 거예요?!"

순간, 그녀는 아줌마라는 소리에 자리를 박차고 일어섰다.

"···뭐야?! 어떤 몰상식한 년이 아줌마래?!"

"쯧, 이사씩이나 되어서 년이라니, 그 성질머리 좀 어떻게 하시지?"

"······."

그녀는 자신의 앞에 선 조정민을 바라보며 딱딱하게 표정을 굳혔다. 또한 그녀의 곁에 딱 붙어 있는 레이 라이언을 보며 이를 갈았다.

"···뭐예요? 두 사람, 벌써 정분이라도 난 건가요? 왜 쌍으로 난리예요?"

"지금 그걸 몰라서 묻는 겁니까?"

"모르니까 묻죠. 갑자기 대낮에 허깨비도 아니고 왜 난리를 치냐고요. 도대체 이유가 뭔데요?"

"당신이 조가괴협의 흑막입니까?"

"뭐, 뭐요? 누구요?"

"조가괴협 말입니다. 최근 당문의 주요 사업을 족족 무너뜨리는 괴인 말입니다."

"내가 그걸 어떻게 알아요? 당신들, 증거는 가지고 찾아온 건가요?"

"당신이 아니고서야 이런 말도 안 되는 일을 벌일 사람은 아마 없을 겁니다. 안 그래요?"

"…그런데 이 사람들이 쌍으로 모함을 하네? 증거 있냐고요! 증거도 없이 사람을 막 잡으면 어쩌자는 건데요?!"

세 사람이 대립하며 씩씩대고 있을 무렵, 한 통의 전화가 걸려왔다.

따르르르릉!

레이 라이언은 흠칫 놀라서 전화기를 바라보았다.

"제기랄, 이젠 전화기만 봐도 소름이 끼칠 지경이네."

"누구예요?"

"…정보원입니다."

"어서 받아요."

그가 전화를 받고 난 후 주변의 분위기가 급격히 바뀌기 시작했다.

"이, 이번에는 이 근처에서 변이 일어났다는데요?"

"그게 어딘데요?"

"에니엘 파이낸셜이요."

"허, 허어!"

에니엘 파이낸셜은 당문의 비자금을 관리하는 사금융 회사임과 동시에 각종 돈세탁에 이용되는 회사이다.

이곳에도 꽤 많은 당문의 조직원이 상주하고 있는데, 이곳이 당했다는 것은 심장부를 저격당한 것이나 마찬가지였다.

"…문주가 가만있지 않겠는데요?"

"이젠 어쩌죠?"

"조가괴협을 찾던지 이 여자의 혐의를 입증하던지 해야지요."

"난 아니라니까 그러네!"

"그럼 함께 가봅시다."

"그래, 좋아요!"

세 사람은 에니엘 파이낸셜의 본사로 향했다.

*   *   *

광저우 국제공항 앞, 검은색 정장에 선글라스를 낀 천하랑이 보인다.

그는 비행기에서 내리자마자 폐부 깊숙이 담배 연기를 빨아들였다.

"쓰읍, 후우! 이제 좀 살 것 같군."

천하랑은 나이를 먹으면 먹을수록 사람은 그리 쉽게 변하지 않는다는 것을 느끼는 중이다.

벌써 금연을 다짐한 지 30년이 넘게 지났건만, 여전히 담배를 손에서 놓지 못하고 있었다.

아내를 폐암으로 떠나보내고 난 직후 금연을 결심하였지만 그녀에 대한 그리움과 극심한 스트레스로 인해 다시 담배를 잡고 말았다.

그는 언젠가부터 담배를 끊어야겠다는 생각을 접고 그냥 세상이 흘러가는 대로 살아가고 있었다.

물론 아내가 이 광경을 본다면 등짝을 후려치며 난리를 피우겠지만 지금 그녀는 이 세상을 떠나고 없었다.

그는 하늘을 바라보며 읊조렸다.

"당신의 잔소리가 그립군."

천하랑이 감상에 젖어 있을 때쯤, 저 멀리서 한 여인이 다가왔다.

"장로님을 뵙습니다."

"자네가 광저우 정보원인가?"

"예, 그렇습니다."

"원래 광저우 정보원은 나이가 꽤 있는 것으로 기억하는데?"

"지방간으로 병원에 입원하여 아직까지 못 나오고 있습니다. 하여 제가 그 자리를 대신하게 되었지요."

"지방간……."

80년을 넘게 살다 보니 먼저 온 순서는 있어도 가는 순서는 없다는 것을 절감하게 된 천하랑이다.

그는 씁쓸하게 웃었다.

"허 참, 물 찬 제비처럼 날렵하던 그가 지방간이라니, 세월이 무섭긴 무섭군."

"조금만 더 늦게 병원에 갔더라면 간경화로 진행되었을 거라고 하더군요."

"그래, 사람이 나이를 먹었으면 건강관리를 해야지. 무공을 익혔다고 해서 모든 것이 해결되는 것은 아니니."

그녀는 천하랑에게 자신의 차량이 있는 곳을 가리키며 말했다.

"가시지요. 제가 모시겠습니다."

"그러지."

천하랑이 오늘 이곳을 찾아온 이유는 최근 당문에 관련된 사업장들이 하나둘 정리되고 있었기 때문이다.

젊어서부터 명화방의 궂은일을 도맡았던 그는 장씨 남매의 원수를 갚는 일에도 어김없이 동원되었다.

그는 차에 올라탄 후 계속해서 씁쓸한 입맛을 느꼈다.

'장씨 일가가 그리 되어버리다니, 당문 이놈들을 족친다고 뭐가 달라지긴 할까? 내가 지금 옳은 일을 하고 있는 것인지도 잘 모르겠군.'

복수는 복수를 낳는 법, 천하랑은 이 질긴 사슬이 어지간해선 잘 끊어지지 않는다는 것을 너무나도 잘 알고 있었다.

천하랑 스스로도 복수에 목마른 사람들을 많이 두고 있기 때문에 그 생리가 결코 옳은 것은 아니라는 사실을 몸소 깨닫고 있었다.

그러나 명화방은 개인이 아닌 단체를 더 중요하게 여기는 집단이다.

'어쩔 수 없이 칼을 빼어 들어야 하겠지?'

가만히 창밖을 바라보고 있던 천하랑에게 그녀가 말을 걸었다.

"이번 타깃은 에니엘 파이낸셜 그룹입니다."

"에니엘이 당문의 끄나풀이었나?"

"이번 사건을 통해서 드러난 사실입니다만, 아마도 그들의 주요 자금줄인 것으로 보입니다."

"허, 허어! 꽤나 대단한 자금력을 지니고 있던 모양이군."

"아무래도 뒤에서 밀어주는 세력이 또 있지 않나 싶습니다."

천하랑은 살며시 고개를 끄덕였다.

"그래, 당문처럼 집도 절도 없이 세력을 잃은 집단이 지금의 그룹을 일구려면 당연히 밀어주는 누군가가 있어야겠지."

"저희들도 지금 그 배후를 찾아다니고 있습니다. 하지만 워낙 용의주도한 놈들이라 뒤를 캐기가 쉽지 않은 것 같군요."

"어쩌면 당연한 소리일 수도 있어. 생각해 보면 당문이 살아남기 위해선 보통 방법으론 어림도 없을 테니까."

두 사람이 짧게 대화를 나누고 있을 무렵, 저 멀리 공사 중 피켓이 박힌 에니엘 파이낸셜 본사가 보인다.

천하랑은 아무래도 스캔들이 치명적인 당문에서 일부러 출입을 통제한 것으로 보았다.

그는 이곳에 차를 두고 걸어가기로 했다.

"주차할 곳이 있겠나?"

"예, 장로님. 이 근방에 차를 숨겨둘 만한 공터가 있습니다."

"잘되었군. 그곳에서부터 걸어가도록 하지."

"알겠습니다."

천하랑이 차에서 내려 걸음을 떼려는 찰나, 근방에 또 한 대의 차량이 달려와 멈추어 섰다.

그는 차량에서 내린 사람의 얼굴을 보곤 사정없이 얼굴을 일그러뜨렸다.

'현영태? 저 작자가 이곳을 어떻게 알고 찾아온 것이지?'

화랑회가 당문에게 관심을 가지고 있다는 것은 어렴풋이 알고 있었지만, 이렇게 사사건건 동선이 겹치는 것은 우연치

곤 상당히 의외였다.

현영태는 차에서 내려 천하랑에게 다가와 먼저 인사를 건넸다.

"장로님 아니십니까?"

"우연이 겹치면 인연이라더니, 이곳엔 또 어쩐 일이십니까?"

"아마도 장로님과 같은 이유 아니겠습니까?"

"……."

그는 천하랑에게 동행을 제안했다.

"기왕지가 일이 이렇게 된 것, 동행하시는 것이 어떠신지요?"

"…뭐, 그럽시다. 어차피 목적이 같다면 저곳으로 가도 동선은 겹칠 테니 말입니다."

"감사합니다."

"별말씀을."

천하랑과 현영태는 다소 껄끄러운 길을 함께 가게 되었다.

제9장
당문으로

태하가 당남성과 대치한 지 10분쯤 지났을 무렵, 레이 라이언이 두 여인과 함께 에니엘 파이낸셜로 들어섰다.

한창 검을 뽑아 들고 설치려던 당남성이 레이를 바라보며 웃었다.

"같은 문하가 만나셨군요. 잘되었습니다. 이참에 오해가 있다면 풀고 허심탄회하게 얘기나 좀 해보시지요."

"⋯뭐, 그럽시다."

레이 라이언은 태하를 보자마자 포권부터 취했다.

척!

"화산파 장문인이신 장치순 회장님의 문하인 레이 라이언이라고 합니다. 그쪽은 어느 사부님의 문하에 계십니까?"

"본인은 화산파 4대 장로님이신 장필순 님의 문하에 있습니다."

장필순은 화산파의 5 대 장로 중에서 가장 검술이 뛰어나며 내공의 깊기가 심오한 것으로 알려져 있다.

다만 밖으로 나서는 것을 싫어하고 낯을 많이 가리는 성격이라 대외적으로 모습을 드러낸 적이 별로 없었다.

사실 레이 라이언도 장필순의 얼굴을 제대로 본 적이 별로 없어서 사질 간이지만 왕래가 거의 없었다.

태하는 레이 라이언과 장필순이 데면데면한 사이라는 것을 전혀 모르고서 그의 이름은 댄 것이다.

하지만 레이 라이언으로선 아주 난감한 상황이 되어버렸다.

'빌어먹을, 하필이면 사숙의 문하라니. 그분께 제자가 있었는지 몰랐는데……'

당문과 관련된 지금 이 상황에 본사에 전화를 걸어 알아볼 수도 없는 노릇이고 그는 속이 답답해져 왔다.

태하는 그가 지금 무슨 생각을 하고 있는지는 몰라도 대략 난감한 상황에 처해 있다는 것은 알 수 있었다.

'이놈, 내 말을 그대로 믿고 있는 건가? 하긴, 당문의 집안 일에 나선 상황에서 본사에 줄을 대어 알아보는 것도 우스운

상황이긴 하지.'

눈치로 레이 라이언의 상황을 파악한 태하는 냅다 떡밥을 투척했다.

"장문인의 제자이시고 저보다 연배가 높으신 것 같으니 사형이라고 불러야겠군요."

"뭐, 그럽시다."

"사형, 지금 사부님께서 저에게 내리신 명령을 수행하고 있으니 사형께선 잠시 비켜 계시지요. 이곳을 다 정리한 후에 다시 정식으로 인사드리겠습니다."

"명령?"

"당문이 벌이는 이 말도 안 되는 사업들을 전부 다 철수시키고 그 뿌리를 뽑으라고 하셨습니다."

"……"

사실 확인이 되지 않는 상황에서 섣불리 나섰다간 자칫 봉변을 당할 수도 있겠으나, 그렇다고 가만히 있자니 입장이 참으로 곤란해진 레이 라이언이다.

이러지도 저러지도 못하고 있는 그에게 조정민이 말했다.

"…당문으로 데리고 가요."

"뭐, 뭐요?"

"당신, 지금 난감한 상황 아니에요?"

"……"

"일단 당문으로 끌고 가서 후일을 도모하자고요. 지금은 상황이 별로 안 좋은 것 같아요."

태하는 뭔가 귓속말을 속삭이는 그들을 바라보며 말했다.

"밀담을 나누시는 것은 좋습니다만, 그만 자리를 비켜주시지요."

"잠깐, 사제. 내 말을 좀 들어보게."

"……?"

"사숙께서 분명 뭔가 오해가 있으셨을 것이네. 요즘 당문은 합법적인 법인을 설립하고 세금까지 꼬박꼬박 내가면서 장사하고 있다네. 그런 그들을 무조건 멸문지화시키라는 것은 뭔가 앞뒤가 맞질 않네."

"그렇다면 제가 지금 사부님의 이름을 대고 거짓말이라도 하고 있다는 뜻입니까?"

태하의 아주 조용한 엄포에 레이 라이언이 조금 당황하였다.

하지만 그도 기개가 있는 무인인지라 연배가 낮은 태하에게 꾸짖듯이 말했다.

"이보게, 지금 나에게 엄포를 놓는 것인가? 아무리 사숙의 밀명을 받았다고 해도 항렬로 따지면 내가 선배인데 그러면 안 되는 것 아닌가?"

"제가 조금 지나쳤다면 사과드리겠습니다. 하지만 사안이

사안인지라 어쩔 수 없습니다."

"그래, 자네의 사정, 아주 잘 알겠네. 그러니 당문으로 가서 천천히 얘기를 해보자고."

"흐음."

"자, 어서."

레이 라이언이 당남성을 바라보며 눈짓을 보내자, 그는 곧바로 맞장구를 쳐주었다.

"그래요, 함께 가시지요. 아마 문주께서도 반드시 오해를 풀고 싶어하실 겁니다."

"뭐, 좋습니다. 그럼 사형의 얼굴을 봐서 당문으로 가도록 하지요."

"고맙네. 같은 화산의 제자로서 말이 통할 줄 알았어."

태하는 조가괴협이라는 이름으로 당문의 본거지로 들어갈 수 있었다.

*   *   *

당문이 중국에 있을 것이라고만 생각하던 태하는 뒤통수를 한 대 얻어맞은 것 같았다.

러시아 블라디보스토크에 위치한 당문의 저택을 찾아온 태하는 지금까지 이들이 왜 무인들에게 붙잡히지 않고 살아남 있는지 알 것 같았다.

만약 이곳에서라면 그 어떤 누구의 눈에도 발각되지 않고 평생 살아갈 수 있을 것이다.

블라디보스토크 오지에 위치한 당문의 저택은 지도가 없이는 아예 발길을 뗄 수도 없을 정도로 깊숙이 숨어 있었다.

'이렇게 멀리까지 숨은 것을 보면 전대 문주의 상황이 그리 좋지는 않았던 모양이군.'

태하와 청림이 레이 라이언을 따라서 당문의 정원에 이르렀을 때쯤, 치파오를 곱게 차려입은 수더분한 여인이 인사를 했다.

"어서 오십시오. 귀하가 조가괴협이신지요?"

"무슨 괴협이요?"

"아아, 사람들이 귀하를 조가괴협이라고 부른답니다. 조 씨 성을 사용하시는데 무공이 괴물처럼 고강해서 그런 별명이 붙었지요."

사람을 대놓고 괴물이라 부르는 별명이 달가울 리 없었으나 태하는 전혀 신경 쓰지 않았다.

"어찌 되었든 간에 저를 알아봐 주시니 감사하군요. 그럼 그쪽의 성명도 좀 들어볼까요?"

"저는 당이화입니다. 당문의 집안일을 도맡아서 하고 있지요."

"그러시군요."

"저기 보이는 당남성 씨와는 육촌지간입니다."

전혀 닮은 구석이 없는 두 사람이지만 육촌지간이라서 그런가 보다 하고 넘긴 태하이다.

"아무튼 내 사부님께서 내리신 명령을 수행하는 도중에 일이 멈추었으니 어서 빨리 오해를 풀었으면 좋겠습니다. 그렇지 않으면 저는 계속해서 이곳을 공격할 수밖에 없습니다."

"호호, 대협께선 성격이 급하시군요?"

"급한 것이 아니라 제자가 사부의 명령을 받드는 일입니다. 화장실에서 똥을 누다가도 달려 나가야 하는 사부님의 명령을 어찌 지지부진 뭉개고 있겠습니까?"

"으음, 그렇지만 어쩌죠? 문주님께선 지금 자리에 계시지 않는데요."

"…그럼 어쩝니까?"

"당장 사람의 목숨이 오가는 상황이 아니라면 조금 기다려 주시지요. 문주님께서는 이틀 내로 오실 겁니다. 그동안 잠시 쉬었다가 가시지요."

태하는 이들이 시간을 벌기 위해, 아니면 뭔가 꼼수를 부리기 위해 말을 돌린다고 생각했다.

'오호라, 덫을 놓겠다? 뭐, 그것도 나쁘지는 않지.'

일단 이곳의 위치를 파악해 두었으니 앞으로 무슨 일이 벌어져도 문제가 될 것은 없었다.

그러나 태하는 그녀의 제안을 일단 한 번 거절하고 보았다.

"싫습니다."

"네, 네?"

"이곳에서 무슨 이틀씩이나 머문단 말입니까? 저는 블라디보스토크에 있는 여관에 묵겠습니다."

당이화는 특유의 수더분한 미소를 지으며 말했다.

"그래도 손님이신데 이렇게 보내는 것은 도리가 아니지요. 저를 도리도 모르는 천둥벌거숭이로 만들고 싶지 않다면 부디 이곳에서 며칠 묵어주실 수 없겠습니까?"

"…뭐 그렇게까지 말씀하신다면 어쩔 수 없이 묵을 수밖에요."

"감사합니다. 당장 별채를 꾸미고 술상을 봐드리겠습니다. 남자들끼리 먼저 오해를 푸시지요."

"알겠습니다."

태하는 손님을 맞기 위해 만들어둔 별채로 향했다.

*　　　　*　　　　*

당문의 별채 안, 아주 삭막하고 어색한 기류가 흐른다.

"……."

꿀꺽꿀꺽!

오로지 술잔 넘어가는 소리만 들리는 이곳엔 미묘한 긴장감도 다소 끼어 있는 것 같았다.

잠시 후, 이들의 술자리에 두 여자가 끼어들었다.

똑똑.

"잠시 들어가도 될까요?"

"이미 들어와 놓고 출입을 묻는 것은 무슨 경우입니까?"

"호호, 조과괴협께선 상당히 까칠하시군요."

"성정이 원래 그렇습니다."

눈매가 옆으로 적당히 찢어진 데다 입술이 올망졸망해서 마치 아름다운 여우를 보는 듯한 인상의 포선혜는 태하에게 대놓고 암내를 풀풀 풍겨댔다.

"에이, 그러지 마시고 화 푸세요. 오해가 있다면 곧 풀릴 테니 그렇게 무뚝뚝하게 굴 것 없잖아요?"

"······."

"네? 네? 화 푸세요~"

청림은 그런 그녀를 아주 거북스럽게 쳐다보았다.

"당신은 엉덩이 어딘가에 꼬리를 감추고 있을 것 같이 행동하는군요."

"…뭐예요?"

"그렇게 남자가 고프면 거리로 나가보시지요. 제가 알기론

러시아 남자들이 참으로 개방적이라 들었습니다만."

순간 그녀의 눈빛이 표독스럽게 빛났다.

찌릿!

태하는 그녀가 이 요사스러운 웃음 속에 독기를 감추고 있다는 것을 간파했다.

'예쁘고 잘 웃는 여자치고 믿을 만한 사람 없다더니 옛 어른들의 말은 틀린 것이 없어.'

애초에 그녀를 별로 좋아하지 않던 태하이지만 저 요망한 웃음을 보고 있자니 받은 것 없이 정이 뚝 떨어졌다.

태하의 딱딱한 행동에 조정민도 덩달아 나긋나긋해졌다.

"이봐요, 조 씨 대협님, 그러지 말고 오늘만큼은 좀 둥글둥글해졌으면 좋겠습니다. 나중에 일이 어떻게 꼬이던 말입니다."

"…제가 그랬으면 합니까?"

"물론이죠. 이 자리가 당신을 위해 만들어진 것인데, 당신이 똥 씹은 표정을 짓고 있으면 되겠어요?"

그는 미친 척 잔을 들었다.

"뭐, 좋습니다. 그럼 오늘 마음껏 마셔보도록 하지요."

"…하하, 그래요! 사제, 내 잔 한번 받아주시지요."

"사제지간에 징그럽게 무슨 존대십니까? 말씀 편하게 하시죠."

"아, 하하, 하하! 그리하세!"

레이 라이언은 태하의 잔을 채우고 호탕하게 웃었다.

"하하하! 내가 복이 많아! 이런 사제를 다 만나고 말이야!"

"저야말로 사형의 위명이 산중 초가에까지 들릴 지경이니 제가 더 영광이지요."

"자네는 말도 참 잘하는군! 자, 한잔하지!"

"예, 사형."

태하는 원수가 따라준 술을 피죽을 쑤어 마시듯 넘겼다.

꿀꺽!

'곧 네 심장을 갈아서 술을 담아 마셔주마.'

그는 날카로움은 감추고 오로지 연한 미소를 지은 채 술잔을 넘겼다.

*   *   *

늦은 밤, 레이 라이언 일행과 태하가 독주를 연거푸 넘기고 있다.

꿀꺽!

"크흐, 좋다!"

"오늘 따라 술이 안 취하는군요."

"그러게 말이야."

레이 라이언은 가만히 태하를 바라보다가 불현듯 비무를 청했다.

"사제, 괜찮다면 나와 검을 섞어줄 수 있겠나?"

"검을 말입니까?"

"자네의 매화검이 그렇게 고강하다니 그 성취가 궁금해 미칠 지경이라네."

태하는 자신을 떠보기 위해 비무를 청한 레이 라이언의 저의를 일찌감치 알아채고 있었다.

그러나 지금 당장은 사형이라 부르는데 그것을 거절할 태하가 아니었다.

"그러시지요. 사형께서 장문인의 검을 직접 보여주신다니 가슴이 두근거리는군요."

"하하, 뭐 그렇게 말할 것까진 없네. 사부님의 검에 비하면 나는 그냥 어중이떠중이에 불과하니까."

"그래도 그 경지가 같은 동년배와는 현격하게 차이나 난다니 저 역시 자못 기대가 되는군요."

"그럼 지금 당장 시작할까?"

"그러시지요."

태하는 이번 기회에 레이 라이언이 자신을 의심하지 못하도록 만들 생각이다.

'그래, 네놈에게도 확신이 필요하겠지. 그 확신을 오늘 똑똑

히 심어주마.'

그는 별채 앞의 후원으로 나갔다.

찌륵, 찌륵.

풀벌레 우는 소리가 귓전을 울리는 후원에 마주 선 두 사람은 검을 잡았다.

"사제에게 한 수 양보하도록 하지."

"그럼 사양하지 않고 먼저 검을 뽑겠습니다."

태하는 말을 맺자마자 검을 뽑아 들었다.

스릉!

"냉매섬개!"

아주 기본적인 발검의 초식이지만 이 한 수에는 자하신공이 짙게 깔려 있었다.

레이 라이언은 그것을 같은 발검으로 맞받아쳤다.

"냉매섬개!"

챙!

태하의 검이 군더더기 없는 정석의 검이라면 그의 검은 마치 뱀처럼 휘어지는 변초의 검이었다.

변초를 만드느라 검이 다소 느리긴 했지만 그 위력은 결코 떨어지지 않았다.

까앙!

발검과 발검이 만나 한차례 불꽃을 튀기자 두 사람은 기다렸다는 듯이 차수를 터뜨렸다.

태하가 선택한 차수는 중검이었다.

"한매동개!"

겨울에 핀 매화처럼 느릿느릿하면서도 묵직한 맛이 있는 한매동개는 일격에 결정타를 날리는 무공이다.

태하의 검이 조금은 느리게 날아가는 것과는 다르게 레이 라이언은 극쾌의 상승 무공으로 답했다.

"풍개매화!"

스스스스스!

마치 150개의 또 다른 검이 다닥다닥 붙어서 날아가듯 검의 그림자가 태하의 중검에 맞섰다.

까가가가강!

태하는 중검을 치면서도 흠칫 놀라서 머리를 굴렸다.

'150개의 초식이 허초가 아니라 실초였나? 잔상이 아니었어?'

풍개매화는 단시간에 가장 많은 검을 치는 초식으로서 화경의 경지를 넘어선 자만이 펼칠 수 있는 상승 무공이다.

확실히 사문에서 정통으로 검을 배운 사람과 그렇지 않은 사람의 차이는 현저했다.

하지만 태하의 내공은 그 모든 것을 커버하고도 남을 정도로 고강했다.

아마도 내공의 차이로만 본다면 사부와 제자지간이라고 해도 손색이 없을 정도였다.

태하는 자하신공을 극성으로 끌어올렸다.

끼이이이잉!

그의 손을 타고 흘러나온 자하신공이 수많은 매화꽃으로 변화하였다.

"매영난세!"

촤라라라락!

날카로운 바람을 타고 꽃가루가 흩날리듯 어지럽게 꼬인 태하의 내공이 레이 라이언을 향했다.

그는 태하의 내공을 받으며 화들짝 놀라서 뒷걸음질 쳤다.

"자, 자하신공?! 자네가 이 신공을 어떻게 얻은 것인가?!"

"자세한 것은 비무가 끝난 후에 물으시지요."

레이 라이언은 그만 바닥에 검을 떨어뜨렸다.

쨍그랑!

"…내가 졌네."

"그만하시는 겁니까?"

"나는 자하신공을 이길 재간이 없어. 자네가 이겼으니 비무는 이쯤에서 그만하도록 하지."

"네, 알겠습니다."

자하신공은 화산의 장문인에게만 전승되어 오던 전승비기

이기 때문에 진짜 화산의 문하가 아니면 배울 수가 없는 무공이다.

비록 태하가 오리지널 자하신공을 날조하여 무공을 만들어 출수하였다곤 해도 막상 그것을 본 사람은 태하가 화산의 진짜 문하라고 믿을 수밖에 없었다.

"자네… 정말 우리 문하가 맞는군."

"그럼 제가 화산의 문하가 아닌 줄 알았다는 말씀이십니까?"

"…사실 그렇지 않나? 아무런 증거도 없는데 내가 무슨 수로 자네를 믿겠나?"

"세상은 믿음과 신뢰가 중요한 법이지요."

"그래, 자네 말이 맞아."

레이 라이언은 태하가 자하신공을 가지고 있다는 것에 다소 충격을 받은 모양이다.

그는 장문인의 수제자임에도 불구하고 자하신공을 전수 받지 못했는데, 그것을 태하가 가지고 있으니 심사가 뒤틀릴 만도 했다.

똥 씹은 표정의 레이 라이언과는 달리 포선혜는 태하에게 찰싹 달라붙었다.

"오호호, 어찌 되었든 간에 서로 한 수씩 겨누었으니 술도 한잔씩 나누어야겠지요?"

"…전 괜찮습니다. 들어가서 좀 쉴 생각입니다."

"그래요! 어서 들어가서 쉬세요! 저는 이분과 한잔 더 마실 게요!"

태하는 그녀가 꼬리를 치는 것 같아서 당장 그 꼬리를 확 말아버렸다.

"됐습니다. 저도 그만 쉬겠습니다. 사형, 쉬시지요."

"그래……."

청림과 함께 후원을 떠난 태하를 바라보며 포선혜가 복잡 미묘한 표정을 지었다.

*　　　*　　　*

늦은 밤, 태하가 곤히 잠든 방에 인기척이 느껴졌다.

똑똑.

그는 자다 말고 일어나 문을 열었다.

"누구십니까?"

"…저예요. 포선혜."

"포 이사님이 여기까진 어쩐 일이신지요?"

"그냥… 잠이 안 와서요."

태하는 가슴골이 다 보이는 옷을 입고 나타난 그녀를 곱지 않은 시선으로 바라보았다.

'야시시한 옷을 입고 뭐하는 짓이지?'

생각 같아선 당장 문을 쾅 닫고 돌아서고 싶었지만 억지로 그것을 참아낸 태하이다.

"밤이 늦었습니다."

"알아요. 그래서 당신을 찾아왔잖아요."

"……?"

"여자가 남자의 침실을 찾아왔는데 무슨 이유가 있겠어요?"

순간 태하의 심장에서 무시무시한 심마가 꿈틀거렸다.

'이참에 원수의 목을 하나 줄이는 것도……'

김명화를 죽이는 데 동원된 사람은 20명, 그들은 전부 당문의 끄나풀이라고 했으니 포선혜도 그중 하나일 것이 분명했다.

아무리 그녀가 뇌쇄적인 매력이 있다고 해도 태하에겐 그저 쳐 죽이고 싶은 원수에 지나지 않았다.

태하가 일장을 쳐 그녀를 죽여야겠다고 마음먹은 바로 그때였다.

─오라버니, 안 돼요. 죽이시면 안 됩니다.

"……"

─아직 오라버니께선 알아내야 할 것들이 많잖아요.

아직도 아버지의 미소가 눈에 선한데 저 여자를 그냥 살려 둔다는 것이 그리 쉬운 일은 아니었다. 그러나 그는 복수를 위해 잠시 더 참아보기로 했다.

"…술이 덜 깨서 잠이 안 오는 모양이시군요. 수면제를 좀 드릴까요? 제게 천연 수면제가 좀 있는데요."

"아니요, 그보다는……."

그녀의 뇌쇄적인 눈빛에 부드러운 손길까지, 아마도 포선혜는 작정하고 태하를 덮치러 온 모양이다.

그러나 태하는 그녀에게 일말의 감정도 남아 있지 않았다.

"대협……."

"잠깐! 저……."

"……?"

"화장실 좀……."

"후후, 알겠어요. 기다리고 있을게요."

자리에서 일어나 도망치듯 방을 나온 태하는 곧장 청림의 방으로 갔다.

그는 청림을 보자마자 구역질을 해댔다.

"우우우욱!"

"괜찮으세요?"

"…빌어먹을, 원수 년이 저렇게 저돌적으로 덮치는데 아무것도 할 수 없다니, 죽을 맛이군."

"그래도 저 여자가 오라버니에게 호의적인 것은 사실이니 살려두는 것도 좋지 않겠어요? 반대로 오라버니의 끄나풀로 이용할 수도 있을 것 같은데."

"그게 마음처럼 되겠어? 지금 상황을 보니 만리장성을 쌓아야 할 것 같아."

"쌓아주세요."

"…뭐?"

"단, 오라버니가 직접 쌓지는 마시고요. 절대 지치지 않는 체력, 그들이 있잖아요."

순간, 태하는 무릎을 쳤다.

"오호라, 그런 방법이!"

"원수를 죽이는 것도 좋습니다만, 필요할 때까지 이용하다가 죽이는 것도 하나의 방법이라고 생각합니다."

"그래, 내가 생각이 짧았어."

"아닙니다. 저 같아도 아버지가 살해를 당했다면 당연히 그런 생각을 품었을 겁니다."

"아무튼 일을 치러야겠군."

태하는 다시 자신의 방으로 들어갔다.

끼이익.

방문을 연 태하는 탄지공을 쏘아 그녀의 미혼혈을 아주 미세하게 건드렸다.

투둑.

미혼혈을 막으면 정신이 혼미해져 눈앞에 있는 사물을 제대로 분간할 수 없게 된다.

한마디로 태하인지 금강석 인형인지 뭔지 구분을 할 수 없게 된다는 소리이다.

"으음, 대협……?"

'요즘 세상에 누가 같은 연배에게 대협이라는 칭호를 붙이나? 구한말도 아니고.'

태하는 자신을 대신해 비슷하게 생긴 금강석 인형을 던져주었다.

화르르륵!

그는 일부러 금강석 인형의 주변에 진기를 불어넣어 흥분한 사람의 체온을 느낄 수 있도록 손을 썼다.

금강석 인형은 태하가 중학교 때부터 질리게 봐온 포르노그라피의 남주인공처럼 행동했다.

스으으윽.

다짜고짜 그녀의 가슴부터 틀어쥔 금강석 인형은 자신의 사타구니 부분에 우뚝 솟은 봉을 하나 만들어냈다. 그리고 그것으로 그녀의 소중한 부위부터 천천히 공략하기 시작했다.

"으으음……!"

—끼릭, 끼릭.

그녀는 이미 정신을 놓아버린 상태이니 금강석 인형과 하루 종일 짐승처럼 뒹군다고 해도 그게 사람인지 아닌지 구분할 수 없을 것이다.

'완벽하게 넘어왔군.'

금강석 인형은 인간이 아니기 때문에 그녀가 정신을 차릴 기회조차 주지 않을 것이고, 그녀의 혈자리가 풀렸을 쯤엔 이미 태하는 잠자리에서 떠난 이후일 것이다.

'굿나잇!'

그는 두 짐승이 마음껏 뒹굴도록 자리를 피해주었다.

*　　　*　　　*

다음 날, 아침부터 태하의 밥상에 산해진미가 가득하다.

"오호호, 어서 오세요!"

"이게 다 뭡니까?"

"으음, 어제의 선물이라고나 할까?"

"아, 예."

그녀는 아직도 붉은 볼을 어찌할 도리가 없어 파운데이션을 덕지덕지 바른 채 나타났다.

화장을 뚫고 나올 정도의 홍조라니, 태하는 속으로 혀를 내둘렀다.

'이놈, 도대체 뭘 어떻게 해준 거야? 사람이 아주 뿅 가버

렸네.'

일이야 어찌 되었든 간에 최소한 그녀는 앞으로 태하를 배신할 일은 절대로 없을 것이다.

태하는 어제의 뜨거웠던 밤이 생각나지도 않는 듯 그저 숟가락을 들고 산해진미를 천천히 맛볼 뿐이다.

"으음, 맛이 좋군요."

"그래요? 정말 맛이 좋아요?"

"재료가 신선해서 그런 것 같기도 하고."

"당신을 위해서 준비했어요. 어제 힘을 많이 써서 피곤할 것 같기도 해서 말이죠."

"그렇군요."

그녀는 밥을 먹고 있는 태하의 허벅지에 슬그머니 손을 가져다 올렸다.

"오늘 아침 밥 먹고 소화도 시킬 겸……."

"험험, 이거 놓으시죠. 전 아침부터 그럴 마음 없습니다."

"…그래요."

너무 매몰차게 거절한 탓인지 그녀는 다소 의기소침한 얼굴로 돌아섰다.

―오라버니, 너무 매몰차요. 그러면 어떤 여자도 다 도망가게 되어 있어요.

'인생 참 복잡하군.'

태하는 인령진을 동원하여 그녀의 둔부를 손으로 스윽 쓸어 올렸다.

—끼릭, 끼릭.

스윽!

순간, 그녀는 몸이 떨리며 다리가 풀려 그만 자리에 주저앉고 말았다.

"아아……!"

"…낮에는 안 한다고요."

"네, 네……."

그녀는 앞으로 죽기 직전까지 태하, 아니, 인령진을 잊지 못할 것이다.

*   *   *

같은 시각, 당문의 지하 창고에서 레이 라이언과 당남성의 밀담이 오가고 있다.

"…곧바로 죽입시다. 살려두어서 좋을 것 없어요."

"알아낼 것은 다 알아내고 죽여야 합니다. 당신 문하라서 치부가 드러날 것 같아 겁납니까?"

"뭔 말이 그렇습니까? 내가 겁쟁이 졸보라서 그렇단 소리 같군요?"

"전 그렇게 말한 적이 없습니다만."

레이 라이언은 눈엣가시 같은 저놈을 어서 저세상으로 보내고 싶었지만 당남성은 달랐다.

그는 태하가 과연 어떻게 그 모든 사업장의 위치를 알아냈는지 알아내고 죽여야 한다고 생각했다.

"문주께서 이 사실을 모두 알고 계신데 저놈을 이대로 그냥 죽였다간 봉변을 당하고 말 겁니다."

"…잘못하면 화산파가 이곳을 잠식하는 수도 있겠지요."

"그러게 왜 애초에 그놈을 이곳까지 끌고 오자고 한 겁니까? 그냥 그 자리에서 죽이면 되지."

"그럴 만한 능력이 없잖아요. 그리고 그런 당신도 그때는 오케이 했잖습니까?"

"상황이 그렇게 돌아가고 있는데 그럼 어쩝니까?"

두 사람이 갑론을박하고 있는 사이, 당이화가 창고로 들어왔다.

"밀담은 남녀가 주고받는 것 아닌가요?"

"…어쩐 일이십니까?"

"얘기가 재미있게 흘러가는 것 같아서요."

당이화는 두 사람에게 내일의 스케줄에 대해서 설명하였다.

"내일 문주님께서 이곳에 오실 겁니다."

"문주님께서 직접 놈을 만나시겠다고요?"

"그분이 원하시는 일입니다."

"그렇지만……."

"그리고 제가 생각했을 때, 이곳에서 저 사람을 죽일 수 있는 실력자는 없어요. 그렇지 않아요?"

"……."

자존심이 상하는 일이었지만 이곳에 있는 모두가 덤벼도 태하는 이길 수 있는 상대가 아니었다.

"내일 그분이 오시면 결행합니다. 그러니 갑론을박 그만하고 준비나 해두시죠."

"알겠습니다."

세 사람이 비밀 창고에서 나간 뒤, 한 여자가 천장에서 뚝 떨어져 내렸다.

파밧!

"…이것들이 그분을?!"

포선혜는 이를 악물었다.

"흥! 네놈들의 뜻대로 될까 보냐?!"

그녀는 곧장 태하에게로 달려갔다.

제10장
인과응보

태하가 당문에 머문 지 하루가 지난 날의 정오였다.

포선혜는 태하와 청림에게 어서 빨리 이곳을 떠나라고 종용했다.

"저들이 당신과 아가씨를 죽이려 작당을 하고 있어요. 내일 당문의 문주가 오니 그녀와 함께 힘을 모아 두 사람을 죽이려는 겁니다!"

"그녀요?"

"당문의 문주는 여자예요. 여자이지만 그 독공은 상상을 초월하죠."

"으음, 듣던 것과는 많이 다르군요. 아주 괴팍한 성격의 중년 남성이라고 하던데?"

"그는 이미 20년 전에 죽었어요. 그때의 기록밖에 없으니 문주에 대해 아는 사람도 없는 것이죠."

"그렇군요."

"아무튼 이곳에서 이렇게 지지고 뭉갤 시간이 없어요! 어서 이곳을 떠나요! 제가 알아서 당신을 책임질게요!"

청림의 말대로 그녀는 태하에게 맹목적인 충성을 다하고 있었다.

과연 간밤에 무슨 일이 있었는지 정확하게 알 수는 없어도 지금 그녀는 태하에게 완전히 미쳐 있는 상태였다.

'효과가 아주 만점이군.'

그는 포선혜의 어깨를 다독였다.

태하는 이렇게 된 김에 그녀에게 얻을 수 있는 것을 전부 빼내기로 했다.

"아니에요. 사부님의 명령을 거스를 수는 없지요."

"그, 그렇지만 이대로 있다간 죽는다니까요?!"

"죽을 수도 있겠지요. 하지만 그렇다고 해서 내가 도망칠 수는 없어요."

"문주는 정말이지… 괴물 같은 여자예요! 아무리 당신이라고 해도 안 되는 것은 안 된다니까요!"

"사람이 죽고 사는 것은 하늘의 뜻입니다."

"이것 참······."

"그나저나 그녀는 혼자서 나타날까요? 이곳에 당신들 말고 또 식객들이 있나요?"

"있긴 있지만 아마 당장 모습을 드러내진 못할 겁니다. 그럴 만한 사정이 아니거든요."

"그들의 이름을 당신도 알고 있어요?"

"몇몇은 알고 있지만······."

"말해줘요. 그편이 내가 살아남기에 더 좋지 않겠어요?"

"그, 그래도······."

"그래요, 하룻밤에 끝날 사이라 이거죠?"

이미 태하에게 미쳐 버린 그녀에게 망설임이란 있을 수 없었다.

"아, 아니요! 아니에요! 말해줄게요! 제가 아는 사람들은 전진의 위태곤, 사성회의 전민우예요. 명화방과 화랑회의 인물들은 저도 잘 몰라요. 일면식도 없거든요."

"···사성회요?"

"네, 사성회의 인사부장으로 있다고 하더군요."

전민우는 사성회의 유통이사로서 각 대륙의 지부에서 코어를 들여와 가공 업체로 넘기고 각 지부에 모자란 인원을 보충해 주며 던진 키퍼들을 총괄하는 역할까지 맡고 있었다.

그는 꽤 젊은 나이에 이사까지 올라갔지만 차기 회주의 명단에선 제외되어 있었다.

'아버지를 치고 그놈이 총괄이사 자리를 꿰차려던 것인가? 그렇다고 해도 어떻게 사형을……'

나이 차이가 꽤 많이 나긴 하지만 두 사람은 분명 같은 문하의 사제지간이다.

전민우는 무슨 이유에서든지 패륜을 저지르고 만 것이다.

"다른 사람들의 이름은 정말 몰라요?"

"일면식도 없는데 이름은 어떻게 알겠어요?"

태하에게 최소한 거짓말은 하지 않을 그녀이기에 이쯤에서 취조는 그만하는 편이 나을 것 같았다.

하지만 그녀를 죽이는 일은 아직 시기상조이다.

이제 태하는 첫 번째 복수를 위해 청림과 조력자를 끌어들이기로 했다.

*　　　　*　　　　*

늦은 밤, 두 개의 신형이 꽤 오래된 중국식 구옥으로 날아들었다.

파바밧!

검은색 복면을 쓴 남자는 태하이고 여자는 청림이다.

"이곳인가?"

"네, 이곳이 그 은거기인의 집이에요."

"막상 사부라고 떠들고 다닌 것을 생각하면 조금 낯이 뜨겁긴 하군."

태하와 청림은 중국식 구옥의 주인인 장필순과 마주하기 위해 이곳으로 온 것이다.

두 사람은 늦은 밤임에도 불구하고 호롱불이 켜진 방으로 다가갔다.

"요즘 세상에 호롱불이라니, 세상과 어지간히 절연하고 사는 양반인 모양이네요."

"옛것을 소중하게 여기는 사람일 수도 있지."

"그렇다고 하기엔……."

다 쓰러져 가는 기와에 여기저기 핀 곰팡이와 거미줄의 향연은 이곳이 과연 사람 사는 집인가 싶게 만들었다.

그러나 호롱불은 기름을 채워주어야 하는 것이니 사람이 있다는 것은 분명한 사실일 것이다.

태하가 불이 켜진 방 앞에 서서 꾸벅 고개를 숙였다.

"선배님, 저는 사성회 김명화 이사의 아들 김태하라고 합니다! 이 야심한 시간에 찾아와 죄송합니다만, 말씀 좀 몇 마디 나눌 수 있는지요?"

잠시 후, 태하의 말에 그의 신형이 화답하듯 움직였다.

드르륵!

문이 열리며 웬 걸인 한 명이 걸어나왔다.

"…김명화? 김명화 총괄이사를 말하는 건가?"

"예, 그렇습니다."

눈동자가 옥빛인 그는 일반인들이 생각하는 그런 인상의 사람이 아니었다.

송곳니가 뾰족하게 솟아나 있으며 피부색은 창백하여 마치 전설 속에나 나오는 흡혈귀를 보는 것 같았다.

태하는 그가 은거괴인이라고만 들었지 이런 특이한 외형을 가지고 있을 것이라곤 상상도 못했다.

그는 아주 차분하게 태하를 바라보았다.

"……."

"……?"

"…그래, 맞는 것 같군. 아버지를 닮았어. 눈동자는 어머니를 닮았고."

"그렇습니까? 저는 평생 그런 생각을 해본 적이 없습니다."

"김명화 씨가 고생을 좀 해서 그렇지 젊을 때엔 자네처럼 말쑥한 청년이었다네."

"그렇군요."

장필순이 방에서 나와 마루로 내려오는데 마치 귀신이 걸어 다니는 것 같이 아무런 소리가 들리지 않았다.

<u>스스스스.</u>

'귀곡성이라는 별명이 있다더니 그 이유를 이제야 알 것 같군.'

극 쾌검과 무성의 검을 추구하는 장필순은 검을 뽑고 베는데 전혀 흔적이 남지 않았다.

그러니까 그와 검을 섞으면 누가 베었는지 알 수도 없는데 이미 승부는 나 있었다.

그가 귀곡성이라는 별명을 얻은 것은 생긴 것도 그러하지만 검이 귀신처럼 신출귀몰한 데서 기인한 것이었다.

그는 태하에게 자신을 찾아온 이유에 대해서 물었다.

"그래, 김명화 씨의 아들이 나를 찾아온 이유가 궁금하군."

"사실은 선배님께 부탁이 있어서 찾아왔습니다."

"부탁?"

"실은……."

태하는 지금까지 자신이 겪은 일에 대해 아주 자세히 설명하였고, 그는 덤덤하게 그 얘기를 들었다.

장필순은 태하가 자신의 제자를 사칭했다는 얘기도 별로 대수롭지 않게 여기는 것 같았다.

"…하여 지금 당문에 기거하고 있습니다."

"레이 그놈이 기어이 사고를 치는군그래."

그는 오히려 태하에게 고개를 숙였다.

"미안하이. 애초에 싹수가 보일 때 쳐버렸어야 하는데 우리가 너무 물러서 그래."

"아닙니다. 선배님이 이러실 필요까진……."

"일이야 어찌 되었든 간에 부모님이 돌아가신 것 아닌가? 내가 사과한다고 될 일은 아니네만, 그래도 사과를 받아주게."

"예, 선배님."

장필순은 이제 앞으로의 그의 행보에 대해 물었다.

"그래, 그래서 그 끄나풀에 대해서는 어떻게 알아낼 생각인가? 내일 당장 당문의 문주가 나타난다고 해서 그놈들이 함께 모습을 드러낼 것 같지도 않은데 말이야."

"그러니 선배님께서 잠시 돌아가 주셔야겠습니다."

"……?"

"그러니까……."

거듭된 태하의 설명에 그는 덤덤하게 죽음을 받아들였다.

"알겠네. 내가 죽기만 하면 자네가 모두 다 알아서 한단 말이지?"

"예, 선배님."

"그럼 믿고 죽어주겠네."

태하는 장필순의 가슴에 검을 찔러 넣었다.

*   *   *

화산그룹의 본사가 있는 상하이 화산빌딩 회의실에서 경영진 회의가 열렸다.

그룹의 총수인 장치순 회장이 이곳에 모인 사장단 및 이사진을 바라보며 말했다.

"모두 모인 건가?"

"아직 한 사람이 안 왔습니다."

"…또 재무이사인가?"

"예, 회장님."

"아무래도 자리를 교체해야 할 것 같군. 장최순 부회장."

"말씀하시지요."

"적당한 CFO를 좀 알아봐 주게."

"하지만 현재 재무총괄이사의 자리는 등기이사입니다. 새로운 중역을 등용하시려면 후계를 아예 바꾸어야 합니다만……."

"상관없네. 도대체 이건 직무 유기를 밥 먹듯이 하니 회사 꼴이 잘 돌아갈 리가 있겠나?"

"그렇지만 아직까지 레이 라이언 이사의 능력을 뛰어넘을 수 있는 사람은 없습니다. 그의 위기관리 능력과 순발력, 대처 능력은 높이 살 만합니다."

장치순은 고개를 가로저었다.

"아무리 그래도 인성이 썩어빠졌으니 버리는 편이 낫겠어. 내가 30년 넘게 공을 들인 것 자체가 잘못이지."

"그래도 다시 한 번 재고를……."

"시끄럽네. 그놈을 두둔하는 소리가 한 번만 더 나온다면 놈을 문파에서 파면시키겠네."

"……."

그룹에서 쫓겨나는 것은 큰 문제가 안 되지만 문파에서 영구 제명된다면 다시는 재기하기 힘들어질 것이다.

장최순은 하는 수 없이 입을 다물고 그의 말에 복종할 수밖에 없었다.

레이 라이언은 장최순과 혈연지간인데, 레이 라이언은 장최순의 처조카가 된다.

생각 같아선 남남처럼 대하고 싶지만 워낙 가문의 영향력이 넓어서 마음대로 행동할 수도 없었다.

'이런 제기랄, 이놈은 지금 도대체 어디서 뭘 하면서 싸돌아다니기에 코빼기도 안 비치는 거야?'

더 이상 그를 두둔하다간 자리가 위태롭게 생겼으니 장최순의 입장도 상당히 난처하다고 볼 수 있었다.

이제 그는 처가에서 무슨 압박을 하든 간에 레이 라이언의 자리 보존을 위해 목숨을 걸지는 않을 것이다.

장치순은 레이 라이언의 제명을 공식화하고 그다음 의제로 넘어갔다.

"아르헨티나 북부 던전 지대의 관리는 어떻게 되고 있나?"

"사두룡의 부재로 인하여 몬스터들의 세력이 오히려 더 확장되고 있습니다."

"황제가 없는 제국에 분열이 일어난 것인가?"

"그런 셈이지요. 자신들을 압도하던 사두룡이 사라졌으니 이제는 안심하고 날뛰는 겁니다. 몬스터들의 등급이 예전만 못 하긴 합니다만 그 숫자는 족히 열 배나 늘어났습니다."

"으음."

"지금 총괄이사가 앞 선에서 잘 대처하고 있어서 당장은 큰 문제가 없습니다만, 아무래도 그곳으로 병력을 좀 더 충원시키는 것이 좋을 것 같습니다."

"그래, 남미 지역 던전은 우리에게 아주 중요한 곳이지. 병력을 보충하게."

"예, 회장님."

던전은 국가에서 생존을 위해 소탕을 맡긴 곳이지만 동시에 무인 집단의 코어 광산이기도 하다.

만약 문파가 무능해서 던전 수비에 실패하게 되면 그 책임을 물어 다른 문파가 그 자리를 대신하게 된다.

한마디로 까딱 잘못하면 밥그릇을 남에게 빼앗기게 되는 것이다.

예전에는 이 던전을 두고 문파끼리 세력 다툼을 벌여 유혈 사태가 벌어지기도 했는데, 지금은 해당 국가에서 운영권을 가지고 있기 때문에 문파 간 전쟁이 벌어질 일은 거의 없었다.

"다음 안건은 뭔가?"

"조가괴협에 대한 안건입니다."

"흐음."

요즘 중국에서 한창 화제가 되고 있는 조과괴협은 인터폴이 화산그룹에 정식으로 참고인 소환을 요청할 정도로 심각한 사건이었다.

물론 그가 죽인 인물들은 모조리 죽어 마땅했지만 이 세상에는 무릇 법과 절차라는 것이 존재했다.

만약 그들을 법대로 죽이고 싶었다면 중국 공안에게 죄목과 증거를 만들어 제시하면 될 일이다.

그러나 그는 증거를 마련할 수 없다고 생각한 것인지 모두 죽음으로 몰고 가버렸다.

"하필이면 우리 사문의 검을 사용하고 있다니, 문하에 그런 이름을 가진 일류고수가 있던가?"

"그 비슷한 항렬에선 없습니다. 듣자 하니 몇 백 명이나 되는 사람을 그냥 썩은 무 베듯이 썰어버렸다고 하더군요."

"썰어버렸다. 그래, 놈은 사람을 벤 것이 아니라 썰어버렸더군. 그런 고강한 무공을 구사하려면 적어도 내 항렬쯤 되어야 할 텐데……."

순간, 그의 뇌리를 스치는 사람이 있었다.

"장필순 사외이사는 지금 어디에 있나?"

"사가에서 조용히 지내는 것으로 압니다. 제자도 거두지 않고 그냥 혼자서 검을 연구하고 있다더군요."

"혹시 그 문하에……."

"아닐 겁니다. 아무리 그래도 장필순 사외이사가 그런 미친 놈을 키워냈을 리 없습니다."

"뭐, 그건 그렇지만 그래도 만에 하나라는 것이 있지 않나?"

"대사형……."

"어려서부터 방에 틀어박혀 나오지 않던 그놈이 무슨 짓을 벌였을지 자네가 어떻게 아는가?"

"…다른 사람은 몰라도 그 녀석은 아닙니다. 잘 아시지 않습니까?"

"흠."

"정 뭣하시면 제가 내일 사가에 다녀오겠습니다."

"알겠네."

두 사람 사이가 서서히 틀어지는 것 같아 임원진의 표정이 불안해지긴 했지만 회의는 계속 진행되었다.

＊　　＊　　＊

그날 오후, 장필순의 자택에 장최순이 찾아왔다.

똑똑똑!

"계시는가?!"

벌써 몇 번째 문을 두드리고 있지만 장필순은 대답이 없었다.

장최순은 고개를 갸웃거렸다.

"이상하군. 방에 콕 틀어박혀 나오지도 않는 골방 철학자가 어디를 간 거지?"

어려서부터 방구석에 처박혀 두문불출하던 장필순이 출타했다는 것은 뭔가 좀 이상한 일이었다.

다른 사람이라면 모를까, 장최순은 그가 대답이 없다는 것을 수상하게 여겼다.

그는 허름한 구옥의 담장을 넘어 단숨에 마당으로 들어섰다.

파밧!

경공으로 마당까지 내려와 보니 발자국이 몇 개 보인다.

각기 다른 크기의 발자국이 총 세 개인데, 하나는 여자의 것이고 두 개는 남자의 것으로 보였다.

그는 장필순의 발이 조금 특이하다는 점을 기억하고 있다.

"틀림없다. 이곳에 누군가 방문한 적이 있어. 더군다나……"

장필순은 검을 연성하는 시간에도 마당으로 나오는 법이 없고 주구장창 방에 처박혀 있기 때문에 이곳까지 나오는 일이 흔하지 않았다.

그는 장필순이 누군가와 이곳에서 싸움을 벌였다고 생각했다.

"침입자가 있었던가?!"

장최순은 먼저 장필순이 기거하고 있는 방문을 열었다.

드르륵!

그러자 가슴 부근에 비수를 맞고 쓰러져 있는 장필순이 보인다.

그는 미친 듯이 달려가 장필순을 흔들어 깨웠다.

"사제! 필순이! 어서 일어나! 자네, 지금 여기서 뭐하고 있는 건가?!"

"……"

장최순은 장필순의 맥을 짚어보았다.

"숨이 멎었어?!"

신속히 장필순의 혈도로 진기를 밀어 넣은 장최순은 자신의 진기가 다시 역류하여 나오는 것을 느꼈다.

아마도 그가 죽은 지 시일이 꽤 지나 진기를 흡수하지 못하는 모양이다.

순간, 장최순의 눈동자가 사정없이 돌아가 버렸다.

"빌어먹을! 도대체 누가 필순이를 죽인 것이냐?! 이놈들, 내가 뼈까지 모조리 씹어 먹어주겠다!"

사문의 다른 사형제들은 몰라도 장최순과 장필순은 어려서부터 힘든 시간을 함께하여 특히나 우애가 돈독한 편이었다.

비록 장최순이 표현은 제대로 하지 못했지만 장필순은 그가 세상에서 가장 아끼는 사람이었다.

생김새가 조금 이상하여 사형들과 사제들에게 매번 놀림을 당하고 사부에게서도 무시를 받던 장필순은 외톨이처럼 혼자서 무학을 연구하면서 일흔이 넘도록 지내왔다.

평생을 외롭게 살아온 장필순에게는 만나서 술 한잔 마실 사람도 없었고 누군가 따뜻하게 밥을 지어줄 사람도 없었다.

장최순은 자신의 성공을 위해서 결혼까지 하였지만 지금의 자리까지 올라오는 내내 마음이 편치는 않았다.

다만 부회장으로서 승승장구하다가 사제를 위한 저택과 노후자금을 마련할 수 있다는 생각에 궂은일도 마다하지 않았다.

평생 동안 오로지 단 한 사람, 사제와 우정을 나누었던 장최순은 절망하고 말았다.

털썩.

"···다 허사다. 내가 젊어서 던전에서 막 굴러다녔던 시절이나 사형의 더러운 성질을 다 받아주면서 버티던 고생이 다 허사가 되어버렸구나!"

그는 장필순의 심장에 꽂혀 있는 단도를 뽑아냈다.

푸욱.

단도에는 사막의 전갈과 독사가 싸우는 형상이 새겨져 있었다. 그리고 가슴팍에서 뽑혀 나온 검의 끝에는 썩은 내가 진동하는 검붉은 피가 맺혀 있었다.

"당문······?"

그는 또렷하게 기억하고 있었다.

무인계에서 밀려나 뒷골목 시정잡배가 되어갔지만 당문의 독은 사상 최강이었다. 아마 장필순을 죽이고자 마음먹었다면 못 이룰 것도 없을 터였다.

"···이런 개새끼들, 아주 오체분시를 해주마!"

그는 눈물을 머금고 사제를 들쳐 업었다.

한데 그의 몸 아래에 깔려 있던 책 한 권이 눈에 들어왔다.

당문 조사 내역서

그는 잠시 사제를 내려놓고 낡은 책의 내용을 차분히 읽어 내려갔다.

장최순은 이 책에 나와 있는 불법 업체들이 최근 조가괴협에게 줄줄이 깨진 곳이라는 것을 어렵지 않게 알 수 있었다.

그리고 그 마지막엔 당문의 본가가 있는 러시아 연해주의 한 시골 마을의 약도가 나와 있었다.

"사제가 이놈들을 조사하다가 비명에 가버린 것이구나!"

골방에 처박혀 외톨이처럼 지내고 있었지만 가슴속에는 불타는 정의가 잠자고 있던 그는 매번 무인계가 다시 한 번 피바다로 물들 수도 있다며 걱정을 놓지 못했다.

아마도 그는 최근에 벌어진 무인계의 불화와 이 사건을 결부시켜 당문에 대해 조사하다가 목숨을 잃은 모양이었다.

장최순은 결의에 찬 눈빛을 했다.

"…필순이, 내가 자네의 복수를 해주겠네! 반드시 자네의 복수를 해주겠어!"

그 어린 시절 장필순을 업고 고난의 강을 건넜듯 장최순은 사제를 등에 업고 화산그룹으로 향했다.

*   *   *

화산그룹의 회장실, 장최순이 싸늘하게 식어버린 장필순의 시신을 등에 업고 나타났다.

쾅!

"대사형!"

"…이게 무슨 짓인가? 비서실을 통해서 미리 연락을 주

고 오는 매너쯤은 있어야 하는 것 아닌가? 부회장이란 사람
이⋯⋯."

"지금 그게 중요한 것이 아닙니다. 필순이가 죽었습니다."

순간, 장치순의 눈동자가 크게 흔들렸다.

"누, 누가 죽었다고?"

"필순이 말입니다. 사형이 은거기인으로 만들어 죽을 때까
지 혼자이던 그 필순이 말입니다."

"뭐라?"

"대사형은 사제가 무엇을 하고 다니지도 모르면서 그저 그
를 의심만 하셨지요. 어려서부터 그랬습니다. 필순이가 열 살
이 지나면서 모습이 서서히 이상해지자 골방에 가두고 밖으
로 출타조차 하지 못하게 하셨지요. 몬스터에게 감염되어 그
렇다면서 말입니다."

"⋯⋯."

"자, 한번 보십시오. 필순이가 아직도 몬스터에게 감염된 괴
물로 보이십니까? 그래서 괴물을 키워낸 기인이라고 의심을
하신 겁니까?!"

장치순은 입술을 짓깨물었다.

"⋯난 그런 적 없네."

"뭐요?"

"그리고 그가 어떻게 죽었든 간에 그건 그의 잘못이지 내

잘못이 아니네."

장최순은 바닥에 장필순의 일기장을 집어 던지듯 내려놓았다.

"자, 보십시오! 우리 사제가 왜 죽었는지! 이래도 아니라고 말씀하실 겁니까?!"

"……?"

장치순은 장필순의 일기장을 천천히 넘겨보았고, 이내 놀라움을 감추지 못했다.

"이, 이건……?"

"그는 당문의 악행을 두고 볼 수가 없어서 손을 쓴 겁니다. 그래요, 조가괴협이 그와 관련되어 있겠지요. 하지만 그는 죽을 만한 사람들을 죽인 의협이지 괴물이 아닙니다."

"으음."

"최근에 벌어진 일련의 사건에 대해 잘 아실 겁니다. 그 때문에 명화방과 사성회가 우리 그룹과 척을 지게 되었습니다. 그는 우리의 고립을 염려하여 목숨을 걸고 당문에 대해 조사하고 그 끄나풀들을 하나씩 정리했던 겁니다. 그런데 사형은 무엇을 하셨습니까?"

"……"

장최순은 자신의 지갑에 들어 있던 부회장 명함과 신분증을 내공으로 불태워 버렸다.

화르르르륵!

"필순이의 장례는 제가 치릅니다. 부회장의 자리도 무르겠습니다. 아니, 이제 우리 둘은 사문과 절연하여 스스로 파문하겠습니다. 그러니 대사형도 그렇게 아십시오."

그는 장치순의 앞에 절을 올렸다.

"사부님 대신 절을 받으십시오. 파문의 절입니다."

"……."

"그럼 저희들은 이만 물러갑니다. 그동안 신세 많이 졌습니다."

장최순이 장필순을 다시 들쳐 업고 나가려는데 장치순이 말했다.

"…기다리게."

"뭡니까?"

"자네, 꼭 그래야겠나?"

"지금까지 제가 한 말 못 들으셨습니까? 저는 더 이상 이곳 사람이 아닙니다."

장치순은 눈을 질끈 감았다.

"그래, 내가 잘못했네."

"…뭘 말입니까?"

"대사형으로서 자네들을 똑바로 챙기지 못한 것, 그리고 넷째를 저리 폐인으로 떠나보낸 것. 그래, 맞아. 다 내 잘못일세."

"······."

"하지만 말일세, 나도 마음이 편한 것만은 아니었다네. 생각을 좀 해보게. 대외적으로 문제가 된다며 사부께서 녀석을 멀리하시는데 나라고 별수 있었겠나? 내 입장도 좀 해아려 주게."

"아무리 그래도 죽은 사제를 욕보인 것은 잘못된 일입니다."

"그래, 내가 잘못했다고 하지 않나?"

그는 대사형으로서 자신의 과오를 바로잡기로 했다.

"당장 당문으로 쳐들어가세. 그곳으로 가서 잘잘못을 따지고 죽일 놈들을 죽이고 오세나."

"진심이십니까?"

"물론이지. 대사형으로서 자네들에게 헛소리를 할 정도로 사리 분별이 흐리지는 않네."

"알겠습니다. 한번 믿어보기로 하지요."

장치순은 화산파의 고수 300명을 소집하여 당문으로 쳐들어가기로 결의했다.

제11장
정리

이른 아침, 당문의 저택으로 당희윤이 도착하였다.

그녀는 이곳에 오자마자 조가괴협을 죽이겠노라 전의를 불태웠다.

"…그놈을 당장 처죽이지 않으면 두 발 뻗고 잘 수 없을 것 같습니다! 어서 그놈을 데려오세요!"

"안 그래도 지금 그를 이곳에 머물도록 수를 써놓았습니다. 그러니 천천히 죽이시지요."

당이화는 조카 희윤을 어르고 달래어 조가괴협을 완전히 사로잡아 죽이려고 하였다.

하지만 당이화에게 황당하기 이를 데 없는 소리가 들려왔다.

쾅!

저택의 문이 열리며 달려온 당문의 무사가 그녀들의 앞에 무릎을 꿇으며 외쳤다.

"문주님, 큰일 났습니다! 지금 화산파의 고수 300명이 이곳으로 몰려오고 있습니다!"

"뭐라?!"

"지금 5 대 장로 네 명은 물론이고 화산파의 장문까지 섞여서 득달같이 달려오고 있습니다!"

"300명의 전력은?"

"그룹의 수뇌부급입니다. 중역은 물론이고 부장급 후기지수들까지 전부 몰려왔습니다!"

"…아예 우리의 멸문지화를 노리고 달려온 것이군."

얼마 전까지 당문은 꽤 많은 무사들을 보유하고 있었지만 조가괴협에게 각개격파 되면서 그 세력이 상당히 위축된 상태였다. 만약 지금 당장 화산파의 정예 병력 300명과 마주친다면 목숨을 장담하기 어려울 것이다.

"고모님, 조가괴협은 어디에 있습니까?"

"별체에 머물고 있을 겁니다."

"빌어먹을 자식, 그놈부터 족쳐야겠습니다. 그래야 일이 조금은 쉬워지죠. 지금 상황에 화산파 고수들과 놈을 한꺼번에 상대할 수는 없어요."

"알겠습니다. 레이 라이언 일행의 도움을 받아 그를 사로잡아 죽이시지요."

"알겠습니다."

잠시 후, 당씨 일가 여인 두 명이 조가괴협을 죽이기 위해 별채로 들어섰다.

그는 별채의 후원에서 한가롭게 산책을 즐기고 있었다.

"이봐요, 조가괴협 씨."

"어라? 이화 씨 아닙니까? 그 옆에 있는 사람은 누구시죠?"

당희윤은 대답 대신 다짜고짜 살부터 날렸다.

핑핑핑!

맹독이 담긴 비수가 날아가 조가괴협의 목덜미에 틀어박혔다.

퍼억!

"크허억!"

"…놈, 내가 바로 당문의 문주 당희윤이다! 네놈은 이제 몸이 썩어 들어 곧 죽을 것이다!"

"쿨럭쿨럭!"

이내 조가괴협의 몸은 서서히 허물어져 내렸고, 그녀들은 그제야 모습을 드러낸 레이 라이언 일행을 맞았다.

"이제야 나타납니까?"

"무, 문주님!"

"지금 화산그룹 중역들이 검을 들고 몰려오고 있답니다. 어떻게 된 겁니까?"

"그, 그건……."

"당장 말하지 않으면 죽이겠습니다."

"저, 저는 정말로 모르는 일입니다! 저희들은 조가괴협을 이곳에 묶어두고 문주님이 오실 때까지 기다리기로 한 것뿐입니다!"

"그걸 지금 나더러 믿으라는 겁니까?"

"지, 진짜입니다!"

두 사람이 실랑이를 벌이고 있을 때, 포선혜가 조가괴협 앞에 엎드려 눈물을 쏟기 시작했다.

"흑흑, 조 씨!"

"저건 또 뭐야?"

이름도 몰라서 성을 부르짖으며 눈물을 쏟는 그녀의 모습은 도무지 이해할 수 없는 행위였다.

바로 그때, 상황이 점점 더 급박해졌다.

콰앙!

"이곳이 당문인가? 우리 화산의 원수, 오늘 제대로 피를 보자!"

"와아아아아아!"

당희윤은 차갑게 가라앉은 눈으로 그들을 맞이하기 위해 밖으로 나갔다.

＊　　　　＊　　　　＊

눈이 뒤집어져 찾아온 화산파의 5 대 장로들과 장문은 당
희윤을 협공하기 시작하였다.

"매화검진을 펼치세!"

"예, 대사형!"

네 명의 장로가 화산의 장문과 함께 매화나무의 검진을 만
들어냈다. 마치 봄의 매화나무에서 꽃망울이 피어나듯 장치
순을 중심으로 네 명의 장로가 탄탄한 내공심법을 펼쳐냈다.

스스스스스!

자하신공의 절기가 마치 그림을 그리듯 이어져 매화의 꽃
을 만들어내자 장치순이 먼저 검을 뻗어 나갔다.

"매류취점!"

마치 검에 신들린 것처럼 미친 듯이 춤을 추며 날아가던 장
치순의 신형이 당희윤의 목덜미를 노렸다.

쉬익!

그녀는 당문의 비기인 만천화우를 펼쳤다.

"만천화우!"

하늘에서 수백 개의 암기가 독공을 머금고 비처럼 떨어져
사방을 독으로 물들이기 시작하였다.

촤라라라락!

처음엔 잔잔한 비처럼 내리던 암기는 이내 폭풍처럼 회오리 치며 장치순을 압박하였다.

까앙!

"크흠, 내공이 생각보다 단단하구나!"

"흥, 그래도 우리의 상대는 될 수 없을 겁니다!"

장치순의 사제들이 일제히 검을 뻗어 검막을 펼쳤다.

"천년설매!"

눈에서 천년을 버틴 매화처럼 묵직한 검막이 펼쳐지며 장치 순의 주변을 철통같이 보호하였다.

장치순은 사제들의 호위를 받으며 일검을 뽑아 들었다.

"초화매일풍!"

화산의 전승비기인 상승 무공 중에서도 가장 쾌속하며 난 해한 초화매일풍의 발검이 검은 자줏빛 검강을 만들어냈다.

끼이이이이익!

장치순의 검강은 수많은 암기를 뚫고 날아가 당희윤의 목덜 미를 스쳤다.

서걱!

"으흐윽!"

단 두 수만에 목덜미가 잘려 나갈 뻔한 그녀는 이를 악물었 다.

"…제기랄!"

"제아무리 내공이 고강하다고 해도 무공은 역시 연륜이지. 보아하니 검진을 돌파하며 싸워본 적도 없는 모양이군. 더군다나 당문의 무공은 예전과 다를 바가 없다. 이것은 우리가 몬스터에 대항하면서 검을 개량시킨 것과는 상반되는 현상이지."

"시끄러우니 닥치고 덤비시지."

화산의 장로들은 혀를 찼다.

"어린아이가 뭐 저리 싸가지가 없단 말인가? 부모가 아이를 어떻게 키웠으면 저래?"

"…뭐요?!"

당이화가 검을 뽑아 들었지만 당희윤이 그녀를 만류하였다.

"고모, 그만하세요."

"저 미친 늙은이들이 패륜을 입에 담지 않습니까?!"

"지금은 그래도 어쩔 수 없어요."

"……."

"레이 라이언은 어디에 있나요?"

"아마 인근에서 구경하고 있을 겁니다."

당희윤은 레이 라이언의 이름을 팔아 시간을 벌었다.

"이곳에 당신들의 제자인 레이 라이언이 있다는 것은 알고 있나?"

"…뭐라?"

"한동안 그놈이 보이지 않아서 의아하게 생각했을 거야. 그렇지 않나?"

"지금 저 미친 여자가 뭐라고 지껄이는 거야? 하도 개짓거리를 하고 돌아다녀 머리가 어떻게 된 것 아닌가?"

"개짓거리인지 아닌지는 직접 확인해 보면 될 일이고."

잠시 후, 거짓말처럼 레이 라이언의 신형이 하늘에서 뚝 떨어져 내렸다.

쿵!

"쿨럭쿨럭!"

"레, 레이?!"

"사, 사부님!"

장치순은 하도 기가 막혀서 그만 검을 놓치고 말았다.

쨍그랑!

그는 검을 놓은 손으로 레이 라이언의 따귀를 후려 갈겼다.

짜악!

"으윽!"

"이런 미친놈을 보았나?! 지금까지 어디서 무얼 하고 있나 했더니 여기서 당문과 붙어먹고 있었던 것이냐?!"

"그, 그게 아니고……."

아무리 레이 라이언의 능력이 좋아도 비행기를 타고 올 때만 해도 없던 그가 갑자기 러시아 한복판에 나타날 리는 없었다.

더군다나 이곳은 당문과 깊이 관련된 사람이 아니면 절대로 알 수 없는 곳이다. 레이 라이언은 이곳에 있다는 것만으로도 역적이 되어버린 셈이다.

"…어서 바른 대로 이실직고하여라. 뭐가 어떻게 된 것이냐?"

지금 이 상황은 문하를 꾸짖어서 정리하는 것이 아니라 생과 사의 경계를 넘나드는 상황이다.

제아무리 장문이고 그룹의 회장이라고 하나 이렇게 엄청난 일을 저지른 사람을 살려둘 수는 없었다.

레이 라이언은 이제 자포자기의 심정이 되어버렸다.

"저는 사부님의 눈 밖에 난 후 후계 구도에서 밀려 나면서 위기감을 느꼈습니다. 그래서 당문과 손을 잡고 사성회의 김명화를 죽였습니다."

"……!"

"저를 비롯한 고수들 20명이 김명화를 죽이고 당문이 표면적으로 혼란을 야기하여 흑막을 쳤습니다."

"그러니까 너를 제외한 20명의 범죄자들이 더 있단 말이냐?"

"지금 이 근방에 있을 무당그룹의 사외이사 조정민과 AM그룹의 포선혜 이사가 저와 함께했습니다."

"무, 무당?!"

"…사부님, 죄송합니다. 뭐라 드릴 말씀이 없습니다."

장치순은 계속해서 그의 자백을 듣기 원했다.

"더, 더 해보아라. 누가 또 있느냐?"

"일단 사성회의……."

그가 더 입을 열려는 바로 그때, 어디선가 뇌전에 휩싸인 창이 떨어져 내려 그의 몸을 꿰뚫고 들어갔다.

치이이이익, 콰앙!

"크허억!"

"레, 레이!"

레이 라이언은 그 자리에서 즉사해 버렸고, 당희윤과 당이화는 그 틈을 타 도주하였다.

파바밧!

"잡아라! 저 두 년을 잡아!"

"예, 회장님!"

후기지수들이 그녀들을 쫓을 때쯤, 장최순은 포선혜와 조정민을 찾아 나섰다.

"두 용의자도 잡아야 합니다! 제가 그녀들을 잡겠습니다!"

"알겠네!"

하지만 바로 그때, 격전지인 후원의 담벼락이 무너지며 포선혜와 조정민이 날아들었다.

퍽!

"으윽!"

"두 사람은……."

무너진 담벼락 사이로 걸어 들어온 태하와 장필순은 장치순과 장로들에게 고개를 숙였다.

"안녕하십니까? 물의를 일으켜서 죄송하게 되었습니다."

"대사형, 사형들."

"피, 필순이?! 자네 어떻게 된 건가?!"

장최순은 기쁨의 눈물을 흘렸고, 태하는 그들에게 사정을 설명하기 시작했다.

*　　　　*　　　　*

태하는 장필순에게 독초의 일종인 혜악초의 뿌리를 달여 만든 기절환을 먹여서 그를 가사의 상태에 빠뜨렸다.

대략 사나흘의 기간이지만 장필순은 완벽하게 죽어 있는 상태로 있다가 시간이 지나 저절로 눈을 뜬 것이다.

화산이 이 일에 개입하게 만들어 레이 라이언을 압박하고 이 사건의 실마리를 풀려고 하던 태하는 뜻을 이루지 못하였다.

갑작스럽게 떨어져 내린 뇌전의 창 탓에 도망칠 시간을 번 당문의 두 여인도 놓치고, 레이 라이언까지 죽었으니 태하로선 안타까운 일이었다.

그러나 어찌 되었든 간에 용의자 두 명을 생포하였으니 이제 슬슬 실마리가 풀릴 지도 모를 일이다.

장치순은 태하에게 거듭 고개를 숙여 사죄하였다.

"양친을 작고하게 만든 죄를 어떻게 머리를 숙인다고 다 갚을 수 있겠나? 하지만 이렇게 사죄라도 하지 않으면 우리의 마음이 편치 않겠네. 우리의 사과를 받아주게."

"아닙니다. 그게 어찌 여러분의 잘못이겠습니까? 다 사람의 욕심 때문이지요."

자결할 수 없도록 혈도를 점해놓은 포선혜와 조정민은 믿을 수 없다는 표정이다.

"…세상에 믿을 사람 하나 없다더니 네놈이 우리의 뒤통수를 치는구나."

"뒤통수를 치려던 년들이 누구인데 나에게 그런 개소리를 지껄이는 것인가?"

이를 바득바득 가는 조정민과는 다르게 포선혜는 아련한 눈빛으로 태하를 바라보았다.

"아니죠? 당신, 나를 가지고 논 것 아니죠?"

"가지고 놀았다면 그렇게 볼 수도 있겠지. 하지만 애초에 너는 나를 죽이기 위해 이곳까지 끌어들인 것 아닌가? 인과응보라고 생각해."

"…이런 개새끼야! 아무리 세상 남자들이 다 똑같다지만 네놈이 나에게 이럴 줄은 몰랐다!"

"그럼 내가 아버지를 죽인 범인을 가만히 내버려 두어야 하나? 참 이치도 모르는 년이 날뛰는군."

"으아아악! 죽인다! 죽일 것이다!"

화산그룹의 장로들은 태하에게 자신들도 조사에 참여할 것임을 밝혔다.

"자네가 허락하기만 한다면 함께 이들을 조사하고 싶네."

"그럼 제가 감사하지요."

"고맙네. 자네가 이미 이 사람들에게 알아낼 수 있는 것들을 알아냈다고 하니 화산에서 이 두 여자를 데리고 가겠네. 그래도 되겠나?"

"뜻대로 하십시오."

"고마우이."

이제 화산그룹은 태하에게 우호적인 세력으로 돌아서게 되었고, 그는 남미에서 멀쩡히 짐승 짓을 하고 있는 또 다른 원수를 쫓을 수 있게 되었다.

*   *   *

일본 긴자의 한 종합병원 중환자실로 츠바사의 여동생 렌이 들어섰다.

드르륵.

조금 뻑뻑한 문을 열고 안으로 들어서니 넋이 나가 있는 츠바사의 모습이 보인다.

"오빠, 밥 먹어야지."

"……."

"오빠?"

"렌, 내 눈이 이제 완전히 안 보이나 봐. 태양이 떴는데 빛이 느껴지지 않아."

"뭐, 뭐?!"

츠바사는 신체 장기의 대부분이 괴사하는 부상을 입은 데다 피를 썩게 만드는 맹독에 감염되어 시한부 인생을 살아가고 있었다.

그나마 아직까진 외형을 멀쩡히 유지하고 있긴 하지만 곧 시신경이 퇴화하고 장기도 제 기능을 할 수 없게 될 것이다.

렌은 츠바사의 팔을 잡고 대성통곡하였다.

"엉, 엉, 엉! 오빠, 그러게 왜 영웅 놀음을 했어?! 그렇게 출세가 하고 싶었어?!"

"……."

잠시 후, 병실 문이 열리며 휠체어에 앉은 장지원과 태하가 들어섰다.

"흑흑, 엄마! 오빠 눈이 안 보인대!"

"뭐, 뭐라고?!"

태하는 황급히 달려가 츠바사의 맥을 짚어보았다. 그는 눈을 감고 천천히 츠바사의 맥을 느끼다가 이내 입을 열었다.

"시신경이 죽어버렸어요. 다른 장기들은 살릴 가능성이라도 있는데 앞은 볼 수 없을 거예요."

"그, 그럼 어쩌니?"

"일단 다른 장기부터 살리고 보는 편이 좋겠어요."

렌은 너무 정신이 없던 터라 태하에게 인사도 없이 달려왔다.

"태하 오빠, 우리 오빠 좀 살려줘! 오빠는 의사잖아! 이제 곧 명성을 떨칠 명의라면서!"

"렌, 너무 흥분하지 마. 츠바사는 죽지 않을 거야."

"저, 정말?!"

츠바사는 자신을 찾아온 태하를 보며 씁쓸하게 웃으며 말했다.

"태하 형, 미안해. 이런 꼴사나운 모습을 보여서."

"그런 약한 소리 하지 마. 내가 비록 무공의 무지렁이라곤 하지만 너를 두들겨 팰 수 있는 힘은 있어."

"후후, 그럴 배짱은 있고?"

"다 죽어가는 상황에서도 역시 입은 살아 있구나."

"당연하지."

태하는 장지원에게 말했다.

"일단 츠바사를 살려야겠어요. 제가 츠바사를 데리고 가도 될까요?"

"어, 어디로 츠바사를 데리고 간다는 거니?"

"사정은 나중에 설명할게요. 일단 지금은 저를 믿어주세요."

그녀는 태하를 절대적으로 믿었다.

"그래, 네가 구했으니 목숨도 살릴 수 있겠지. 너를 믿을게."

"고마워요."

태하는 츠바사를 데리고 병원을 나섰다.

*　　　*　　　*

병원을 나선 태하는 츠바사를 데리고 강원도 정선으로 향했다.

그는 백화마을에 돌아오자마자 츠바사에게 먹일 약을 짓고 그의 몸을 1천 배 희석시킨 공청석유에 담갔다.

이미 괴사해 버린 시신경은 되살릴 수가 없지만 살아 있는 나머지 장기는 튼튼하게 자리를 잡을 수 있을 것 같았다.

청림은 츠바사가 적어도 보름이면 정상인처럼 걸어 다닐 수 있을 것이라고 단언했다.

"운이 좋네요. 적어도 반신불수는 아니니까요."

"…형, 도대체 이건 다 뭐야? 나의 단전이 회복되는 것 같은 느낌이 드는데?"

"네가 약속을 지킬 것이라는 사실을 잘 알아. 그리고 네가 나를 도와 이곳을 지킬 사람이라는 것도 잘 알고."

"……?"

"이곳은 무궁무진한 힘을 가진 곳이야. 자세한 설명은 할 수 없지만 너는 지금 공청석유에 몸을 담그고 있는 거야."

"고, 공청석유?!"

"나는 공청석유를 개량해서 너같이 죽어가는 사람들을 살릴 것이다. 앞으로 나를 도와줄 수 있지?"

츠바사는 크게 고개를 끄덕였다.

"생명의 은인인데 내가 뭘 못 하겠어?"

"그래, 고맙다. 어서 나아서 다시 일본으로 가자. 외삼촌께도 이 소식을 전해야지."

"알겠어."

태하는 사촌동생이 안쓰럽기도 했지만 이 정도로 끝난 것에 대해 감사하고 있었다.

"앞으로 이런 일 없도록 내가 지켜줄게. 미안하다, 이제 나타나서."

"아니야. 내가 복수에 눈이 멀어서 이렇게 된 걸."

츠바사의 성질이 불같긴 하지만 그는 신의를 알고 도리가 무엇인지 잘 아는 청년이었다.

만약 그가 자신만의 안위를 걱정했다면 이모와 이모부의

원수를 갚겠다고 길길이 날뛰지는 않았을 것이다.

'이제는 내가 원수를 갚을 차례다.'

태하는 반드시 원수를 갚겠노라 다짐했다.

한 달 후, 태하는 츠바사를 데리고 모리시타 저택으로 돌아왔다. 비록 앞을 볼 수는 없게 되었지만 목숨을 건진 츠바사에게 장지원 남매는 안도의 한숨을 토해냈다.

"이 사고뭉치 녀석, 다시는 무모한 짓 하지 말아라. 알겠냐?"

"네, 삼촌."

"태하야, 정말 장하구나. 요즘 네가 심상치 않은 기연을 얻었다는 것은 예상하고 있었지만 죽어가는 사람을 살릴 줄은 꿈에도 몰랐구나."

"앞으론 더 많은 사람들을 살리고 싶어요."

"그래, 이 삼촌이 네 꿈을 응원해 주마."

렌은 태하를 얼싸안고 기쁨을 온몸으로 표현했다.

"오빠, 정말 고마워! 어려서부터 의사가 된다고 동네방네 소문내고 다니더니 결국엔 사람을 살리는 명의가 되었구나!"

"뭘, 잡 지식 몇 개 있는 것뿐인데."

가족들은 청림에게도 인사를 잊지 않았다.

"아가씨, 고마워요. 우리 츠바사를 살려줘서."

"아닙니다. 오라버니의 일이 곧 제 일인 것요."

"호호, 아무튼 고마워요. 조만간 성의 표시를 할 테니 기회를 좀 줘요. 그럴 수 있죠?"

"알겠습니다."

이제 얼마 남지 않은 태하의 가족들이 화합하고 있는 동안, 천하랑이 모리시타 저택을 찾아왔다.

그는 츠바사의 생환을 아주 반갑게 맞이하였다.

"츠바사! 멀쩡히 살아났구나! 축하한다!"

"장로님, 죄송합니다. 제가 천지 분간을 못 하고 날뛰어서……."

"아니다, 살아왔으니 됐다."

천하랑은 태하의 어깨를 두드렸다.

"김 선생, 그래, 난 자네가 한 건 할 줄 알고 있었어. 어려서부터 비범했으니까."

"아닙니다. 별말씀을요."

그는 기뻐하는 가족들에게 츠바사의 앞길에 대해 얘기를 꺼냈다.

"이보게, 지원이."

"예, 장로님."

"괜찮다면 내가 츠바사를 하오문으로 데려가도 되겠나?"

"하오문이요?"

"지금은 그 명맥이 흐려지긴 했지만 하오문은 아주 오래전부터 온 세상의 정보를 모아 파는 곳이었어. 최근에는 주식시장을 좌지우지하는 정보들을 모아서 증권가를 뒤흔들고 있지."

"하지만 츠바사가 그런 하오문에 들어가서 뭘 할 수 있단 말입니까?"

"하오문의 현 문주인 케인 노스먼드가 장님이야. 그는 어려서부터 앞을 볼 수 없었지만 하오문의 수장이 되어 지금의 세력을 일구었지. 나는 케인에게 츠바사를 맡기고 그 뒤를 잇도록 할 생각이네."

"그런 대단한 가문에서 우리 츠바사를……."

"물론 쉽지는 않겠지. 하지만 그는 츠바사에 대해서 전해 듣곤 아주 만족해했네. 처음부터 완벽한 사람은 없다면서 말이야."

천하랑은 츠바사에게 의사를 물었다.

"어때, 들어가 볼 테냐?"

"장로님께서 안배를 해주신다면 최선을 다해보겠습니다."

"그래, 한번 해보자꾸나. 나도 최선을 다해 도울 테니."

츠바사의 앞길을 정리해 준 천하랑은 태하에게도 앞일을 제시해 주었다.

"자네, 한창 부모님의 복수를 하고 있더군."

"그걸 어떻게……."

"지하 세계는 생각보다 좁아."

"그렇군요."

"복수도 좋지만 우선 집안을 정리하는 편이 좋지 않겠나?"

"흐음."

천하랑은 장주원에게 KP그룹의 후계를 태하에게 넘기라고 제안했다.

"주원이, 자네는 앞으로 계속 KP그룹을 이끌 것인가?"

"안 그래도 형님의 후계 때문에 고민입니다. 조카들이 아직 기반을 못 잡았다고 해서요."

"그 아이들은 확실히 훌륭한 인재이긴 하지만 아직까지 명화방의 부방주가 되기엔 위험해. 알잖나? 부방주는 대외적으로 항상 표적이 되고 만다는 것을."

"…잘 알지요."

명화방의 방주는 공식 석상에 모습을 드러내는 일이 좀처럼 없지만 부방주는 그를 대신하여 대외적인 업무를 처리하고 실권을 행사한다.

그 때문에 원수를 지는 일이 많으며 암살의 대상이 되곤 했다.

"자네가 수원이의 뒤를 이어주게. KP그룹은 김 선생에게 맡기고 말이야."

태하는 천하랑의 제안을 거절하였다.

"장로님, 저는 경영에 대해 아무것도 모릅니다. 삼촌의 뒤를 이었다간……."

"괜찮네. KP그룹엔 수많은 경영 전문가들이 있어. 자네가 실수를 한다고 해도 위험해질 일은 없어."

"그렇긴 하지만……."

"이 또한 집안을 정리하는 일일세. 더 큰 그림을 보게."

천하랑의 종용에 태하는 고개를 끄덕이지 않을 수 없었다.

"…알겠습니다. 그럼 제가 삼촌의 후계자가 되겠습니다."

"잘 생각했네."

천하랑은 태하의 어깨를 두드리며 말했다.

"자네 양친의 일은 우리 모두의 일일세. 그러니 천천히 함께 가세. 빨리 가려면 혼자 가고 멀리 가려면 함께 가라는 말이 있듯이 이 사태도 함께 극복해 나가는 편이 옳다고 생각해."

"감사합니다, 장로님."

"별말씀을."

이제 태하는 KP그룹의 총수로서 첫발을 내딛게 되었다.

『현대 무림 지존』 3권에 계속…

초대형 24시 만화방

신간 100%, 샤워실, 흡연실, 수면실(침대석), 커플석, 세탁기 완비

■ 시흥 정왕25시점 ■

경기 시흥시 정왕동 1742-13 미스터피자 건물 5층
031) 319-5629

■ 강북 노원역점 ■

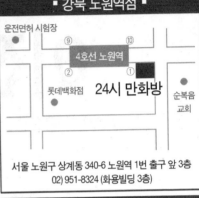

서울 노원구 상계동 340-6 노원역 1번 출구 앞 3층
02) 951-8324 (화용빌딩 3층)

■ 일산 정발산역점 ■

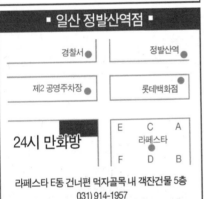

라페스타 E동 건너편 먹자골목 내 객잔건물 5층
031) 914-1957

■ 일산 화정역점 ■

경기도 고양시 덕양구 화정동 984번지 서일빌딩 7층
031) 979-4874 (서일사우나 건물 7층)

■ 부천 역곡역점 ■

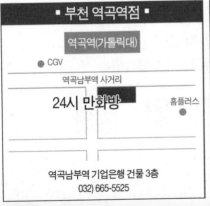

역곡남부역 기업은행 건물 3층
032) 665-5525

■ 부평역점 ■

(구) 진선미 예식장 뒤 한신포차 건물 10층
032) 522-2871

FUSION FANTASTIC STORY

김대산 장편소설

온 빈탄지

2년 차 대한민국 취업 준비생 김철민.

친척 하나 없는 사고무친의 처지로 앞날이 막막하기만 하던 어느 날,
우연치 않게 산 로또가 1등에 당첨된다.
아니, 그가 1등에 당첨되도록 만들었다.

혼자만의 상상으로만 해왔던 이상한 놀이
'시거'가 현실로 이루어진 것이다.

졸부(猝富), 그리고 '시거'와 함께
또 하나의 이상한 현상인 '슬비'가 더해지면서,

그의 일상은 이윽고
예측할 수 없는 격변 속으로 빠져든다.

Book Publishing CHUNGEORAM

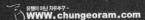

미러클
테이머

인기영 장편소설
FUSION FANTASTIC STORY

MIRACLE
TAMER

이계로 떨어져 최강, 최고의 테이머가 되었다.
그러나… 남은 것은 지독한 배신뿐.

배신의 끝에서 루아진은 고향, 지구로 되돌아오게 되는데……
몬스터가 출몰하기 시작한 지구!
그리고 몬스터를 길들일 수 있는 테이머 루아진!
그 둘의 조합은……?

『미러클 테이머』

바야흐로 시작되는
테이머 루아진과 몬스터들의 알콩달콩한
대파괴의 서사시!!

Book Publishing CHUNGEORAM